◎ 文学新观赏·青少年读写范典丛书

主编／高长梅 王培静

阳光穿过的早晨

蓝月 著

YANG GUANG CHUAN GUO DE ZAO CHEN

花山文艺出版社

图书在版编目(CIP)数据

阳光穿过的早晨 / 蓝月著. —石家庄：花山文艺出版社, 2013.6（2021.6重印）

（"读·品·悟"文学新观赏·青少年读写范典丛书）

ISBN 978-7-5511-1037-2

Ⅰ.①阳… Ⅱ.①蓝… Ⅲ.①小小说-小说集-中国-当代 Ⅳ.①I247.8

中国版本图书馆CIP数据核字(2013)第112159号

丛 书 名：文学新观赏·青少年读写范典丛书
主　　编：高长梅　王培静
书　　名：**阳光穿过的早晨**
作　　者：蓝　月

策　　划：张采鑫
责任编辑：卢水淹
责任校对：齐　欣
特约编辑：李文生
全案设计：北京九洲鼎图书有限公司
出版发行：花山文艺出版社（邮政编码：050061）
　　　　　（河北省石家庄市友谊北大街330号）
销售热线：0311-88643221
传　　真：0311-88643234
印　　刷：永清县晔盛亚胶印有限公司
经　　销：新华书店
开　　本：710×1000　1/16
字　　数：130千字
印　　张：10
版　　次：2013年7月第1版
　　　　　2021年6月第2次印刷
书　　号：ISBN 978-7-5511-1037-2
定　　价：36.00元

(版权所有　翻印必究·印装有误　负责调换)

读,是为了更好地写

高长梅

阅读的目的是长见识,是提升自己的文化素养。这是"读"的基本意义。

很多时候,我们的阅读也无任何的目的,就是为了消遣,为了解闷,为了打发时光。其实,这是"读"的另一种境界。

但对学生乃至爱好写作的人而言,"读"还是为了"写",即人们常说的"读写结合"。这,却是大有讲究的。

"读什么","怎么读","读"如何促进"写",这个问题困扰人们少说也有两千多年了。外国不言,单说我国自《诗经》始,《四书五经》到《千家诗》《古文观止》《唐诗三百首》,哪一个的"读"不涉及后人的"写"?"熟读唐诗三百首,不会作诗也会吟"就说明了"读"和"写"的朴素关系。

"读"于"写"的第一点,当是语言的积累。对绝大多数人而言,"会说"也"能说"几乎是与生俱来的,但这些不一定就是我们写作的语言。即使你"会说"、"能说",但不一定能准确表述你的想法,你的所见所闻;尤其是不一定能用丰富的、生动的、形象的语言或简洁的、凝练的、科学的语言来描述人或事物或观点。写作当如建房,没有各式各样的语料积累,其结果可想而知。巧妇难为无米之炊,再牛的能工巧匠没有基本的建筑材料他也盖不起房子来。但语言积累,不是简单的语言记忆,要内化为自己的,要在自己的胸中发酵,要让它带上自己的思想、情感。这样,在写作运用时,就不会是简单的模仿甚至抄袭。即使是原句引用,也会与你的文章融为一体,恰到好处。初学写作者,常常苦恼自己词汇少,不能准确表述自己的思想;或苦恼自己写得干巴巴的,没血没肉;或苦恼自己虽写得字通句顺,却不像别人写的那样摇曳多姿;等等。多积累语言,是根治这种"疾病"的唯一药方。因此,我们在"读"时,就要看别人是怎么用字、怎么用词、怎么用句……来描写、叙述、来情、议论的。

"读"于"写"的第二点,当是技巧的化用。"我手写我心",看似简单轻松,看似随意,但正如建房,砖头、瓦块、木料等都摆在了你的面前,却不是任何人都建得了房的,你得有建房的技能。写作也是一样,你得掌握一定的技巧。人物怎么描写,事件怎么叙述,情感如何抒发,道理如何论证,等等,你得掌握其基本的方法,然后才能"心到手到",写出一篇像样的文章。我们要像建房者,先做"小工",看人家是如何砌墙、如何粉刷的;然后做"匠人",亲自实践,在模仿中掌握其方法,逐渐为我所用;"匠人"做多了,熟练了,就成了"师傅"。"师傅"一级,技巧娴熟,房建得漂亮。而用心的"师傅"爱钻研,爱琢磨,结合他人的方法创造出更好的新方法,他就成了"建筑师"。写作同理。我们不少阅读者,语言的积累比较重视,但琢磨人家写作技巧的不多,所以文学爱好者不少,但成为作家的就少多了,原因大概与这有一定的关系。因此,我们在"读"时,就要看别人是如何选择材料、如何谋篇布局、如何安排结构、如何运用表达方式、如何布置情节……看他们如何安排重点、如何把人物写活、件、如何条分缕析丝丝入扣、如何巧妙起承转合……

"读"于"写"的第三点,当是思想的融合。有了语言的积累,也掌握了一定的技巧,文章也写得是这么一回事了。但你的文章仅仅止于此,那也不过如同一栋能住人的房子而已。一篇文章品质的高低,除了语言的准确、生动、丰富、优美、灵动……除了构思的奇巧、结构的多元、情节的波澜、布局的精妙、手法的多变……是否有思想就显得格外重要。我们常说,这篇文章语言优美,构思巧妙,但立意不高。我们还常说,这篇文章不仅语言优美,构思巧妙,而且立意高,有思想。一篇仅靠语言打扮的文章,就好比一个俗人涂脂抹粉；一篇仅靠卖弄技巧和语言的文章，就像一个没有灵魂的美人卖弄风骚而已。语言可以记忆，技巧可以模仿，但思想要靠领悟，要融入作品之中去反复地阅读，要从深层次去寻找作者的精神。有的人的文章写得很美，技巧也妙，但就是没有深度，没有思想，没有灵魂，没有底蕴，往往就事论事，往往只是当复印机，复制了场景，复制了人物，复制了事件，但都是没有活力、没有生气、没有精神的。在阅读中提升自己的思想，的确常被我们忽视。思想靠别人的潜移默化来，精神也靠别人的影响而来。我们常听说在阅读中提升了自己，净化了自己，受了一次洗礼似的教育，等等，大约就是指这些吧。所以，我们在"读"时要琢磨别人是如何通过人物的描写表现人物的思想、精神，琢磨别人如何通过将一般人眼中的小事、凡事写出其社会价值，琢磨别人如何从一滴露珠看出太阳的光芒……如何选择语言材料最准确、最鲜明地表达出思想内容而非干巴巴贴标签，如何通过景、人、物悟出其蕴含的道理而非故弄玄虚牵强附会……

"读"于"写"的第四点，当是情感的交融。文章当有情，无论你是否抒了情，情就不自觉地流出了你的笔端。阅读中，我们除汲取作者的语言养料、技巧养料、思想养料外，还要品味、感受作者的"情"。与作者同悲，与作者人物同喜，置于作者笔下的优美环境而赏心悦目，等等。这就是受作者之"情"的"滋润"。文章是否感人，除了语言、思想外，有无"真情"很重要。朱自清的《背影》靠的是"情"的打动，鲁迅的《记念刘和珍君》这篇"血写的文章"其实靠的也是"情"的喷发。一篇只有华丽的语言而无思想的文章犹如没有灵魂的躯壳；一篇即使有非凡高度思想而无情感的文章也不过是一具可能具有文物考古价值的木乃伊。但"情"在文中的宣泄如何把握，这也是我们在阅读中要学习的。这也是我们常犯的错误。写作中我们或无病呻吟虚假瘆人，或情溢滥觞叫人发腻。让"情"如何恰到好处，非向好文章学习不可。这样，我们在"读"时，就要仔细琢磨别人是如何选择写作语言表达出作者的喜怒哀乐之情，如何传递作者人物的喜悦、哀思、忧怨、恋情,或深、或浅、或缠绵、或热烈,或似小溪的舒缓、或似大海的波涛、或似斗室之花的温柔、或似山野之花的奔放……看作者如何褒贬对象,看作者如何措辞达意致情,看作者如何巧借人、事、景、物以寄寓情感……

"读"于"写"的第五点,当是风格的鉴赏。所谓风格,它是一个作家成熟的标志,是作者在文章(文学作品)中表现出来的艺术特色和创作个性。我们鉴赏其风格,主要是学习他如何创造和完善文章(作品)的风格,也就是看作者在处理题材、驾驭体裁、描写形象、表现手法、运用语言等方面各有什么特色,最终形成了怎样的风格。这些风格,最后成了一个作家个性化的标志。当然,这是"读"的高要求了。琢磨多了,实践多了,很多写作者也形成了类似的风格,便也融入了原作者的风格之中,也就形成了"派"。比如"荷花淀派"、"山药蛋派"、"读者体"、"知音体",等等。当然,也不能简单模仿,也要适时变化,否则当年散文必"杨朔式"、小说必"欧·亨利式"的文学闹剧就会重演。

习作者若能此,写出好文章就有可能了。

弄明白了这些,还有一个重要的问题是选择什么样的读物。读名著,当然好。但很多名著由于作者所生活的时代不同,社会环境不同,或阅读者的阅历不够,文化积累不够,不一定读得懂,更不用说借鉴于自己的写作了。

基于此,我们推出了这套《文学新观赏·青少年读写范典丛书》。这些作品,不是名著,但是属于好作品;没写重大题材,但大都真实反映了社会生活的变迁,人们精神面貌的焕然一新;没有高深莫测的技巧,但或平实、或奇巧、或清新可人、或浓郁奔放,更适合青少年读者学习、借鉴。

 第一辑　我又看见了桑葚

儿子的小纸条……………………………………… *002*
粽子………………………………………………… *005*
我的"窝囊"老妈…………………………………… *007*
父与子……………………………………………… *010*
我想牵你的手……………………………………… *011*
最美的歌声………………………………………… *014*
我又看见了桑葚…………………………………… *015*

 第二辑　白菜的尊严

老井………………………………………………… *020*
儿子撕了英语书之后……………………………… *022*
我家的新宠物……………………………………… *025*
出游小黄山………………………………………… *029*
看雪………………………………………………… *031*
买票轶事…………………………………………… *034*
白菜的尊严………………………………………… *036*
折翼的天使也能飞翔……………………………… *038*

 第三辑　阳光下的安琪儿

那年的炒面 …… 042
回家 …… 044
伴 …… 046
姐妹 …… 049
选择 …… 051
信任 …… 054
阳光下的安琪儿 …… 057
一朵花儿的绽放 …… 059

 第四辑　兔子女孩

心崖 …… 064
霜白 …… 066
奶油草莓 …… 069
地气 …… 071
兔子女孩 …… 075
生命的契机 …… 077
刷卡时代 …… 079
寻找伯乐 …… 082

 第五辑　寂寞的向日葵

借钱……………………………………………… 086
冰糕……………………………………………… 088
谁也包不了……………………………………… 091
蜥蜴……………………………………………… 092
花瓶中的玫瑰…………………………………… 095
街边义诊………………………………………… 097
羡慕……………………………………………… 099
寂寞的向日葵…………………………………… 102

 第六辑　阳光穿过的早晨

塌陷的天空……………………………………… 106
走进大山的女孩………………………………… 108
寻梦……………………………………………… 111
拔掉钉子………………………………………… 113
阳光穿过的早晨………………………………… 117
云儿……………………………………………… 119
找我什么事……………………………………… 121
西瓜的诱惑……………………………………… 124

 第七辑　梦中的风铃

赤脚医生··· *128*

那年夏天的风扇··· *131*

哑巴佬·· *134*

空位·· *137*

放养的鸡·· *139*

呼唤·· *142*

雾·· *145*

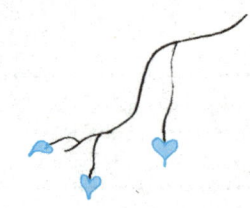

第一辑

我又看见了桑葚

儿子的小纸条

儿子神秘兮兮地塞给我一张纸片,迅速跑开了。"小家伙,干吗呢?"我展开纸片,愣住了,并且有痒痒的东西爬出眼眶。

纸片上是这样写的:

亲爱的妈妈
　　祝你年年快乐
　　您的儿子陆晨希
　　　　　　　　　　　　爱你的陆晨希

儿子会用文字表达自己的意愿了!虽然简短,情在其中。我感动的泪水一下子冲开了记忆的阀门。

八年前,一个小生命在我腹中孕育。当时我妊娠反应厉害,吃啥吐啥,血压低得常常会晕倒。可是我的心情是快乐的,我清晰地感知小生命正向我慢慢走来。我猜测他的样子、性别。起了一大堆名字,有男孩的也有女孩的。结果他来到人世之时,我感觉那些名字一个也不好了。刚好是清晨,我灵光一闪:"陆晨希。"

于是我拥有了一个叫陆晨希的儿子。怀抱着这个胖乎乎粉嘟嘟的

阳光穿过的早晨

小子,感觉有着虚幻而真实的幸福。可是又犯愁了,这个小孩子这么小要到什么时候才能长大呢?天天看日日看,怎么没有变化呢?不禁羡慕起电视剧里的镜头来。你看电视里演的,今天还是小婴儿,明天就是会走会跳的小娃儿了。

我们这有一个风俗,就是孩子满一个月后要去舅舅家住几天。我也不例外抱着孩子回妈妈家。妈妈找来一个小长桶(还是我小时候用过的呢),让孩子睡在里面,轻轻摇晃。小家伙悠然地躺在里面啃自己的小拳头,还不时做着踢腿运动。我的侄子陈寅鸿好奇地围着木桶打转。儿子的眼睛跟着陈寅鸿的跑动而转动,突然发出响亮的"咯咯"的笑声。还挥舞这小胳膊说"嗯咯"。可把我侄子乐坏了,他说:"姑姑,姑姑,小弟弟太厉害了,他会叫我五哥了呢!怪了,我是他哥不是五哥啊!"把我们逗了个前仰后合。

一天我婆婆给孩子喂营养米粉,不锈钢勺子发出轻轻的"哗啦"声。婆婆感觉奇怪,伸出一个手指在孩子牙床上一摸:"我的乖乖,宝宝长了两颗小牙齿了,才四个多月呀,这只馋嘴小猫,嘿嘿!"婆婆一点儿也没有夸张,儿子真的胃口很好,稀饭、米糊、鸡蛋羹、软面条没有他不爱吃的,而且吃起来奇快。把我们隔壁的大妈羡慕个半死,她孙女吃一口简直要命。

儿子虽然小,却富有冒险意识。四个多月大开始就在学步车里乱溜达,一开始毫无方向感,慢慢地就驾轻就熟了。不过也常常摔得鼻青眼肿的,好在他好像痛觉不明显,哭了几句又玩开了。这个小东西什么都想学什么都想尝试,在周岁里他不仅学会了爬,还学会了扭扭车。虽然还不会走,扭扭车蹬得飞快,一双鞋半个月准坏。最让人哭笑不得的是这个淘气孩子使劲玩使劲睡,有时候玩和睡的切换只有几秒钟。

我担心孩子太顽皮不好管教,四岁时就将他送进幼儿园。谁知道进园第一天他竟然把老师桌子掀了,嚷着要找妈妈,中午不肯睡,哭得山响。老师打来电话,我急急赶去和老师赔礼道歉。老师说一开始他不习惯，这孩子还不怕生，比较难管些，不过过一阵就会好的。在我的担忧中他终于适应了学校，还在学校里学会了自己吃饭，自己大小便。

　　送他上学校，孩子们都主动叫他，而他却只是微笑。我问他为什么不回叫人家，他说："这么多小朋友我怎么记得住。""你是明星吗？这么大的谱？"我故意皱着眉说。他冲我做了个鬼脸。我就问一个孩子："你们怎么都能叫出陆晨希的名字呢？"孩子说："因为老师老点他名，他太调皮捣蛋了，嘻嘻！"晕倒！原来是这么回事啊！没等我瞪他他早就跑进了教室。

　　就是这样一个让我操心不断的皮孩子终于在去年变成了小学生。可是老师还是经常打电话来，不是上课乱说话就是和小朋友打架了，唉……这孩子啥时候才能让我省心哦！一年级下学期终于老师的投诉渐渐少了。老师说你的孩子虽然调皮，但是很聪明，只要改掉坏习惯一定是个好苗子。我的心才稍稍放下。

　　这个看似没心没肺的孩子，这个让我担心不断的孩子。他竟然想到了给我写小纸条，

　　还写得那样有心，他真的长大了，懂事了。我给他回复了一个纸条：

亲爱的儿子
　　你给妈妈的纸条写得好棒
　　妈妈好感动
　　你现在还是一棵小树苗
　　只要你好好学习
　　妈妈相信你一定会长成大树的
　　也祝你天天快乐
　　　　　　　　　　　　　爱你的妈妈

阳光穿过的早晨

第一辑 我又看见了桑葚

粽　子

端午节,家家都吃粽子。

记得小时候,粽子都是妈妈亲手包裹,糯米用一个竹箩洗尽,拌上碱水,米就变成了浅绿,散发出米和碱混合的香气,那是一种非常好闻的味道。那时候我只知道端午节有粽子吃,并不清楚"屈原","屈原"只是一个模糊的概念。

说来好笑,人们嘴里的"屈原"当时我听成了"蚯蚓","蚯蚓"用苏州话说叫"曲蟮"和屈原音很近。我就好生纳闷,吃粽子有"曲蟮"什么事呀!粽子那么芳香迷人,"曲蟮"那么肮脏恶心。大人费了好大的劲,才让我搞清楚不是"曲蟮"是"屈原",是一个人的名字,是一位大诗人,在端午节跳河死了,人们为了不让鱼啄食他的肉身才包了粽子喂鱼。我又嘀咕开了,那人的爸妈也真是,什么名字不好叫,偏偏叫"屈原",反过来不是"冤屈"吗?不跳河才怪!对于我这些个奇怪的想法,妈妈也无法作解了,只是摸摸我的头说小孩子就是怪念头多。

包粽子在端午节的前几天就开始准备了。妈妈把粽叶和柴草浸泡在水里,说来奇怪,那干瘪的叶子经过浸泡竟然起死回生变得柔韧而葱绿起来。我想这粽叶就是为粽子而生的,它的使命就是把松散的米粒紧紧地抱在怀里。

端午节的前一天哪怕再忙,妈妈也会停下旁的活计,专心致志地包粽子。妈妈把粽叶捞出涮洗干净放在盆里备用。拌好碱水的糯米和上一些洗干净的赤豆,赤豆是红色的,米是浅绿的,颜色相当好看。然后坐在小凳子上,抽出一张粽叶,卷成三角形状的筒,置于左手,右手抓起一把赤豆糯米放进粽叶筒里,轻轻拍打结实,再包裹起来,用柴草扎紧,一只三角形的可爱的粽子就完成了。

不要以为包粽子很容易,惭愧得很我至今仍包不像一只像样的粽子,不是漏了就是软塌塌的不成样子。包不来粽子我就绑粽子,两个一绑,绑好了把多余的柴草剪掉,剪过的粽子就像刚理过发一样,特精神。我现在明白什么叫人性化了,你看连粽子我们也要让它们成双作对的,至于烧熟了,把它们分开填进我们的肚子里就不深究了,至少我们的初衷是很美好的。

包粽子很费时间,一般妈妈会花费一下午,而我也会乖乖地待在边上。等爸爸下班回家,粽子已包裹完毕,烧粽子是爸爸的任务。烧粽子更费时间,通常要烧到半夜,爸爸还要留些柴火在灶膛里慢慢焖。当天是等不及吃粽子了,我是嗅着粽子特有的香味,流着口水进入梦乡的。

一大早,也是端午节。早饭直接吃粽子。虽然家家包粽子,还是会拿着自家的粽子送与邻居品尝,家家如此。人们的脸上都是亲切的笑容,气氛空前和谐。小孩子们就聚在一起吃粽子,吃着吃着就咬别人的粽子去了,大人们就呵呵地笑,隔灶头的东西就是香。农村人吃粽子也许不会太多想到"屈原"老人家,而那种淳朴的乡情伴着浓郁的粽子香味在所有人的心里经久不散。

今天又是端午节了,我带上儿子往妈妈家赶,妈妈说包好了粽子。呵!粽子的香气早已在空气里弥漫。

阳光穿过的早晨

第一辑 我又看见了桑葚

我的"窝囊"老妈

刚下班,电话就响了。抓起电话,是老妈。

最近妈妈总喜欢小题大做,我笑着说,妈,是不是我爸又惹你啦?

他学人家抽烟呢,一辈子都没有抽过烟,老了学坏了。

妈,你别急,我来说我爸,你让他听电话。

电话里传来我妈叫我爸的声音。我说爸你可不能抽烟,抽烟有害健康。我爸说谁抽了,以前的老同事在街上遇上了递我一支烟。我说谁给你也不能抽。我爸说人家一片好意给点上了,我没有吸进去,都往外吐了。我听了忍不住笑了。我听见电话那头我爸数落我妈,你这个老婆子,屁大的事情你就跟女儿告状啊。我妈说哼,我就是要把你的坏习惯扼杀在摇篮里。我忍不住笑得捂肚子,想不到电视里的这句新鲜台词竟然被我妈活学活用了。

看了以上片段您可别以为我妈妈是个诙谐的老太太,其实我妈性格很内向,甚至有一阶段在我心里一直感觉她很窝囊。

我妈排行老二,上有姐姐下有弟弟妹妹。我外公是教书先生,拖家带口到乡下教书。按理说我妈也算得出身书香门第,可是我妈不识字。据外婆说妈妈小时候生过一场大病,高烧不退,一连烧了五天。那时候条件差,外婆只是不停地喂开水,最后烧是退了,智商却下降了。智商下降的依据是我妈看见书就说头疼。妈妈对外婆说,我不要读书,在家带弟弟妹妹就好。外婆无可奈何只能由着我妈。不过自从我妈照顾弟弟妹妹以后,外婆倒是省心了不少。外婆说这丫头虽然有点呆愣,心眼实。

后来我外婆把我妈许配给了我爸爸。我妈嫁给我爸的时候,我爸家里那可是真穷,虽说不是上无片瓦,也差不离,外面下大雨,家里下小雨。

我爸爸5岁就没了娘,靠我爷爷独自拉扯大,上还有两个姐姐一个大哥。

有这个窝算不错了,这是我妈说的。我妈还说,你瞧你爸瘦的,就是小时候没吃的,饿的。说完眼圈都红了。我问我妈,当初你为啥愿意嫁给爸爸?我妈说你外婆做的主。我说外婆让你嫁你就嫁啊?我妈说对啊。我差点晕倒,你自己没有主见啊?我妈乐了,哪个做母亲的会害自己的孩子?我噘起了嘴巴,你看看我姨我舅他们多好啊,都是城里人,就你一个乡下人。我妈说这些都不重要,重要的是活得踏实。

回头想想老妈的话不是没有道理。自从我妈嫁给了我爸,虽然生活很艰苦,可是我爸和我妈从来没有吵过嘴红过脸,连大嗓门说话的时候也没有。爸妈每天早早起床,一起做早饭,等我们吃好,爸爸去矿山上班,妈妈做家务。一天到晚,他们脸上都挂着温和的笑容。

但是我还是觉得妈妈没有主见,窝囊。这个观点一直维持到我九岁那年。

国家出台政策,要保护生态环境,矿山不许开采石头了,也就是说,我爸爸面临失业。爸爸像霜打的茄子闷闷不乐,妈妈也不多话,在边上小心地忙活,我妈说要不我出去找活干?

爸爸第一次对我妈瞪起了眼睛,别给我添乱了,我能养活你们。妈妈不敢说话了。爸爸第二天就去工地做小工。等爸爸一走,妈妈就失踪了。我放学回来,发现院子里一黑人,在倒腾一小堆煤块。看见我龇嘴一乐,露一口白牙,我说妈你干啥呢?哪来的煤块?妈妈冲我直摇手,说

阳光穿过的早晨

别嚷嚷,可别让你爸爸知道,煤块是我出去捡的,能卖好几块钱呢,你看你爸做小工多辛苦啊!我不由得心疼了,我知道这煤捡得不容易,我们村好几个妇女都出去捡煤。这是要跟好长时间运输船,跑很远的路,才能从船上扫到碎煤。

就这样,妈妈一直瞒着爸爸捡煤,等到爸爸发现,妈妈已经挣了挺多的钱了,我看见爸爸的眼睛红了,妈妈却是一脸的满足。

那年我们的破房子变成了三间大瓦房。

我十三岁那年,我外公外婆一起生病住院了,我妈衣不解带地伺候。我外婆泪盈盈拉着我妈的手说,丫头,六个子女就数你最懂事孝顺,我知道你小时候不是真的不爱读书,是为了替我分担才故意那样说的,也怪我有私心,想着那么多孩子不可能个个都出息,亏了你了。我妈却笑了,说,都是我自愿的,你看,我现在好着哩!日子过得不比姐姐弟妹们差。

月啊,你咋不说话?

妈,我在听呢。

你们小的时候妈就盼着你们一天天长大,一家子平平安安无病无灾的。现在生活条件好了,你们也都长大了,我全部心思就是要看着你爸,他苦了大半辈子了,我一定要让他健健康康的。我说妈,你这辈子光围着我们转了。妈妈笑开了,你妈我啊就是这样一窝囊人。

妈……我哽住了,眼前白花花一片。

父　与　子

傍晚的时候,店里进来两个人。

一位是店里的常客,经常来买降血糖药,还有一位年龄稍长第一次见。不过看模样两人很相似,于是我开始猜测两人的关系。经常来的那位60岁左右,一起来的那位70多岁80不到的样子。大哥?似乎年龄有点悬殊。叔叔?似乎看起来要亲些。父亲?有可能,不过年龄似乎有点不符,不过也说不准,也许父亲看着后生些,儿子老态些。

于是我试探着问:这位是——你父亲吧?那人爽朗一笑,没错,我老父亲。我说哦,你父亲看起来可真年轻。老爷子一听乐了,他说我今年83岁,我儿子58岁,我结婚晚。儿子在边上听着,脸上始终带着宽容和宠溺的笑容,他看着父亲,抬手帮老爷子捋了捋头发,眼里尽是慈爱。那样子简直是一位父亲对待儿子嘛!我被他感染了,心里泛起一阵温暖。

我说老爷子你好福气啊,一看您这儿子肯定是孝顺儿子。老爷子更开心了,他说是啊,他很会照顾我。我说怪不得您看起来那样年轻了。老爷子说,是呢,别人都说我年轻,可是我孩子有点显老,他操心操的。我让他别尽操心挣钱,够花就行了,他就是不听。儿子没有接话茬,依然微笑着,就像看着一个淘气的孩子。

他转过头对我说,你看我父亲脸上咋回事,好像是癣。说着他的手

轻轻拂过父亲的脸庞,指给我看。我看了下,还真是,白白的有小拇指盖那么大。我说痒吗?老爷子说有点。我自己都没有发现,是他发现的,其实没什么。儿子说,你不懂,小的不注意就慢慢大了,有什么办法吗?我说擦点药膏就行,儿子说那就买点药膏,挑最管用的。

我就给他拿了药膏,儿子立马替父亲抹上,那小心翼翼的样子就像对待一件精美的瓷器。老爷子很配合,就像一个乖巧的儿子。我看着眼前的一幕,心里蓦地涌起一阵感动。多好的父子啊!

孩子打出生开始一直沐浴在父母的疼爱之中,而孩子慢慢长大,父母却慢慢变老。俗话说老小老小,当我们的父母老到变成小孩的时候,我们是否能够像父母对待我们小时候那样对待父母呢?看看眼前这位幸福的老人,看看眼前的这位儿子,这是最好的例证啊。当父母老去,他们需要的不仅仅是金钱的给予,更需要的是我们无微不至的关怀。

看着父子俩手牵手离开,我马上拿起了电话,拨通了一个一直想打而一直被我忽略的电话:爸爸,天气凉了,注意添衣。

我想牵你的手

在我的印象里外婆的手是粗糙而有力的。

我三岁那年,疼爱我的爷爷因病去世了。梳着两条稀毛小辫,拖着清稀鼻涕的我被送到了外婆那里。我哇哇地哭着叫妈妈,外婆就抱起了我,让妈妈快走。我在外婆怀里不停挣扎,外婆的胳膊却像铜墙铁壁一般。当时我害怕极了,我怕外婆,怕外婆额头的疤,怕外婆那双有力的手。

妈妈走了,我也不敢闹了,在一边抽泣。外婆两个手指捏住我的鼻子,把我的鼻涕清理干净,又拧了热毛巾给我擦脸。鼻子下边的皮肤因为一直流鼻涕变得很脆弱,一碰就疼,我又哭起来。外婆说,干净的月儿多漂亮!再哭就又变丑了。我不敢哭了。

晚饭了,外婆给我个小碗一把小勺。我从来没有自己吃过饭(以前都是爷爷或者妈妈喂),不禁又撇了嘴。外婆拿起小勺喂我。闹了半天肚子早饿了,吃着饭感觉特别香,随着味蕾的舒展对外婆产生了一丝好感。外婆说,月儿,你的小手有什么用呢?要学会吃饭,学会做事情,长大了还要养活家人。我似懂非懂地听着,慢慢学会了自己吃饭。

那时候我三个舅舅都还没有成家,外公教书工资很低,外婆在卫生院打杂,挣取微薄的工资贴补家用。外婆牵着我的手去上班,到了医院,她会搬个小椅子在医院的院子里让我坐着。我坐在那里,看外婆洗医院的床单啊被褥什么的。外婆的手真有劲,刷刷刷,脏被单就变白了。

天很冷,外婆的手是红肿的,外婆的额头冒着细密的汗珠。外婆齐耳的短发整齐地拢在脑后,用一个像梳子样的长发卡卡住,以至干活时不会散乱下来。我看着看着突然心疼起来,外婆,你的手疼吗?外婆说不疼,外婆的手坚强着呢。月儿乖乖的,外婆就可以早点洗好,早点做饭给月儿吃。我使劲地点头。

下班回到家,外婆做完家务还要做刺绣。别看外婆的手很粗糙,做刺绣可好看了。五颜六色的丝线穿进细小的绣花针,随着手指轻动,绣绷上就开出了美丽的花,花下托着碧绿的叶子,彩色的蝴蝶翩翩起舞,小巧的鸟儿引颈鸣叫。我看得眼睛都不会眨了,外婆说月儿你也会绣得很好看的。于是她教我刺绣,我在5岁的时候,就会绣一点藤啊蔓什么的。别人看见了都夸,哟,月儿还真聪明呢,这么小就会刺绣了呢!外婆说是

呀,这娃聪明着呢。我的心里美滋滋的。

小孩子就是没有耐心,没多久我就坐不住了,缠着外公讲故事。外公说,外公要备课,先教你背首诗吧,春眠不觉晓,处处闻啼鸟。夜来风雨声,花落知多少。我学会了背给外婆听,外婆说,月儿厉害呀,连诗都会背了呢。我说外婆会背诗吗?外婆笑了,外婆不会呀,外婆小时候女娃不让读书的。月儿一定要好好读书呀。我说好,等月儿学会了教外婆。外婆笑着说好,外婆笑得很灿烂,两只手不停地在绣绷上下翻飞。

我看外婆绣花,外婆低着头,我看到外婆额头的疤。我问外婆,你额头为什么会有一个疤呢?外婆说,外婆比你还小的时候,家里着火,烧的。我问疼吗?外婆说现在一点也不疼了,就是外婆变丑了。我说,外婆不丑,外婆很好看呢。我没有说假话,外婆在我眼里真的很漂亮。外婆笑着摸了摸我的小脸,外婆的手真暖和。

我问外婆,你的手怎么那么有力气呢?外婆说,力气呀,是长出来的,你越花它,它长得越多。于是我感觉外婆有力气是理所当然的。外婆的手一年到头都是暖和的,被外婆牵着成了一种习惯,这让我很有安全感。

可是有一天,外婆的手不再暖和,也不再有力。

外婆病了,病得很严重,外婆患上了严重的糖尿病。外婆的眼睛突然看不到东西了,她说,月儿,天怎么黑了呢?外婆什么也看不到。我握住外婆的手说,外婆不怕,以后你出去,月儿牵着你。外婆的手软软的凉凉的,那凉一直沿着我的手指抵达心脏,再被心脏泵出,顺着血管向四周肌肤扩散,浑身的神经不由自主地痉挛。虽然我努力控制,外婆还是发觉了。她说,月儿别怕,外婆是累了。

外婆的手越来越凉,我的心越来越慌。我的牙齿紧紧咬住下嘴唇,不敢发出哪怕一点点声音。不争气的眼泪疯狂泛滥,原来外婆是骗我的,外婆花完了她所有力气。外婆真的累了,外婆永远地睡着了。

一个细雨纷飞的清晨,我捧上一束黄菊,来了绿树环绕的寿山之上。我的外婆就长眠在这里。外婆像往常一样对我微笑,我仿佛又看见外婆伸出了她温暖的手,我下意识地伸出手,触到的却是冰凉的墓碑。我跪下,磕头。泪水蜿蜒滴入胸前。外婆,我和你近在咫尺,可是我上哪里去牵你温暖的手?

最美的歌声

晚饭后逛逛街是我的习惯,忽然有非常悦耳的歌声传来。那歌声甜美清脆,很具有舞台效果。我的脑海里立马闪现这样一个镜头,一位活力四射的青春少女,穿着时尚的衣着,擎着麦克风,脸上洋溢着鲜花一样的笑。

声音来自商场门口,会不会是商场为了吸引人气搞活动呢?想到这里,我这个音乐爱好者心中雀跃不已,不由加快了脚步。

商场门口围了好多人,我挤进人群,一下子呆住了。眼前完全不是我的想象,众目的焦点竟然是一位奇丑无比的女子,她的脸上写满岁月的凄苦,她坐在一辆残疾车里,两截空空的裤腿像两面旗帜随风飘荡。

她唱得很投入,目光柔和,充满感情,完全浸润在了自己的歌声之中。女子的身后站着一位男子,看得出来是他推女子出来的,当我的目光触及他的时候,我的感觉再一次被"震撼!"

那位男子只有肩膀没有胳膊,他的胸膛特别厚实,这是长期使力的结果。他的头随着女子的歌声有节奏地摇摆,那神情陶醉而幸福。

我的心猛地疼了一下,伸手掏进口袋,竟然忘了带钱。于是我急速返回家中,拿上钱。可是当我急匆匆赶回去的时候,商场门口空荡荡的,已然不见了刚才那两位。我怔怔地站在风里,心里也空荡荡的……

很明显男人是女人的腿,女人是男人的手。虽然命运对他们很残酷,但他们是坚强而乐观的。我不清楚他们是相依为命的夫妇还是兄妹,但是有一点可以肯定,那就是他们对生命的热爱。他们四处漂泊却把最美歌声奉献给别人。

那歌声让我日益冷漠的心渐生柔软,在感叹的同时对人生对生命有了新的审视,健康不代表健全,不屈服于命运热爱生命并为之奋斗不息的人才是完美的,值得敬佩的,哪怕他身有残疾。

我又看见了桑葚

接儿子放学,会走过一条弄堂,弄堂的一边是洗车场,一边是一家已经颓废的老厂。弄堂在老厂高高的围墙外面。围墙上爬满了郁郁葱葱的爬山虎,这些爬山虎让老厂看起来更加年代久远。

天天走过,天天一个样。今天却有些不同。围墙外面的地面上散落着一颗颗紫色或红色的小果子,这些小果子枣子形状由无数个小籽粒组成,在阳光里特别鲜艳。这果子似曾相识,突然一个名字跳出我的脑海:桑葚!

好奇怪呀,难道爬山虎会结出跟桑葚形似的果子?我蹲下身子,捡起小果子仔细查看,这分明就是桑葚嘛!我不禁叫出声来。对呀!这本来就是桑葚!儿子在边上说。我笑了,小家伙,你怎么知道这是桑葚呢?你根本就没有见过,这曾经是妈妈小时候的最爱。

这些桑葚从哪里来的呢?我抬起头寻找,在围墙上端露出了桑树的叶片,可见它是非常之高。在我的印象里桑树都不太高,叶片却很大。它的叶片不大,不像小时候见过的桑树,要是它没有结着密密麻麻的桑葚,我一定认不出来。

记得小时候家家种桑树,家家养蚕。对于我们这些孩子来说,对桑叶和桑蚕没有太大的兴趣,我甚至害怕那些扭来扭去白白胖胖的虫子,而对桑葚却是情有独钟。我们把桑葚亲热地叫作"桑妹子"。

桑树林是孩子们的乐园。放学后,我们挎着篮子去割猪草,往往猪草没有割好就直奔桑树林了。桑树不高,有虬结的枝干,叶子像一只只摊开的手掌。我一直感觉桑树是热情而好客的,它不仅为我们准备好了美味的果子,还会伸开手掌欢迎我们或者和我们依依挥别。

桑葚长满了枝枝丫丫。我们挑紫色的装进口袋或者迫不及待地塞进嘴巴里,用细小的牙齿细细打磨,柔软的舌头飞快地搅拌,酸酸甜甜的汁液便随着我们丰盈的唾液下滑。一时间清脆的笑声挤满了桑树林。"开汽车"是我们的最爱,一边吃着桑葚一边坐在桑树的枝丫上,两条腿不断晃动,充当车轮,嘴巴里"嘟嘟"有声,开到想象中的任何地方。

一直到吃饱玩够了才肯回家,而那时必定已经太阳下山,有点暗乎乎了。回到家必定会招来大人的臭骂,瞧瞧你们的嘴!瞧瞧你们的口袋!于是相对审视或低头查看,一看便吐了舌头往屋里溜。脸是紫色的大花脸,嘴巴尤甚,口袋也是紫色的,原来调皮的桑妹子给我们留下了紫

阳光穿过的早晨

色的印记。

我们并不介意桑妹子留下的印记,甚至有着深深的欢喜。因为口袋上的紫色是我们用来炫耀的资本,瞧,我今天采到了好多又大又紫的桑妹子。同伴们就会露出羡慕的表情,于是我们幼小的虚荣得到充分的满足。

种植桑树是为了养蚕。后来不再养蚕了,桑树便失去了作用,大人们不管我们如何的心痛和不舍,把桑树砍伐了,连树根也没有放过。曾经的玩伴桑树变成了烧饭的柴火,在烈火中化成灰烬。那些快乐的记忆也变成往事的灰烬在脑海里渐渐淡去。

我望着那棵桑树说,儿子,你想尝尝桑葚的味道吗?儿子说好呀!难道你要爬上桑树?我说当然。妈妈小时候可是爬桑树高手呢!儿子开心地拍起手来。桑葚那奇妙的美味诱惑着我让我跃跃欲试,我仿佛又听到了童年的笑声。我甚至想带着儿子再玩一次"开汽车"。当我们兴冲冲地赶去,可惜厂子大门紧闭,心里很是失落,就像满腔热情给兜头浇了一盆凉水。我在心里说,桑妹子你等着我,我一定会来找你的。

今天再一次经过,我像看望久违的朋友一样,抬头给桑树行一个微笑的注目礼。谁知道这一望让我触目惊心,桑树被人砍去了大半。它的残肢断臂处泛着惨白的光,我仿佛听到了桑树痛苦的呻吟。一声接一声,让我的心一阵阵收紧。

我再一次跑去厂子大门,这回刚好看门的老人从外面回来。我上前打招呼,我说我看到你们围墙里有一棵桑树。老人一笑说是的,可是你见不到它了。迎着我的眼里飞出一个个问号,老人说这是一棵野生的桑树,它长在墙和墙的夹缝里。一开始没有人知道它的存在,也没有人知道它长了多少年。直到它高过了围墙才被人发现。我说可是现在它被人砍了。老人说一定是清扫路面的工人干的,他嫌桑葚脏了路面。

我又转回来在围墙外面观望。这棵树,或许是一只贪吃的鸟儿把种子无意中带到了那里,这么多年来一直在夹缝里求生,可想而知是何等的艰辛,终于它长大了,终于可以畅快地呼吸了,可是……或许它就是因为生在了夹缝里才得以生存至今。这条严酷的夹缝因为人无法到达也就成了它的避难所。如果它没有努力地长高就没有人会发现它。它可以战胜大自然的恶劣环境,却最终逃不开被砍伐的厄运。

　　望着桑树残败的身影我只能默默祈祷,祈祷坚强的桑树可以尽快修复伤痕恢复生机,祈祷善良的人们可以再多一些宽容,给这个幸存者一片生存天地……

阳光穿过的早晨

第二辑

白菜的尊严

老 井

　　我们村里有两口老井,村西一口,村东一口,井栏都是青石雕琢而成,上面被井绳勒出一条条印痕,非常光滑。这两口井何时挖的,基本没人说得清,反正全村人世世代代喝水都靠这两口老井。村西的那口水位浅,吊起来不费劲,但是水有些浑浊,村人一般不喝,只是洗洗东西用,村东的水位深,但是水特别清澈甘洌。

　　每天天蒙蒙亮,爸爸就去村东老井担水了,担回来存在水缸里。用那水煮出的稀饭颜色有点绿汪汪(其实水里含有碱质),味道非常香。我放学回来第一件事就是跑到水缸前,舀一瓢清水解渴。

　　记得有一年,将近一个月老天滴雨未下,村西那口老井因为水位降低愈加浑浊,根本不能喝,人们一窝蜂地去村东取水,没几天村东老井的井水也几乎枯竭,只在石头窝里有点,比小孩子的尿多不了多少。人们就耐着性子用吊桶一点点地憋水。说也奇怪,老井断断续续地涌出的清水最终还是没有渴到我们。

　　后来,条件好了,家家院里都挖了井,也不去公井打水了,那两口养育了不知道多少代人的井,就慢慢淡出了人们的视线。它们在太阳底下打着盹,就像两个迟暮的老人默默地回忆着旧日时光。

　　有一天回老家,我突发奇想,想回味一下儿时的感觉。我家住村西,我便拿上吊桶先去了村西,老井伫立在那里,青石井栏上印痕依旧,但当

阳光穿过的早晨

第二辑 白菜的尊严

我低下头去时却惊呆了——井水非但浑浊不堪,还冒着一层细碎的泡沫,并且散发着一股子臭味。我看着它,它似乎也在看我,那浑浑的水像极了孤独而哀伤的眼睛。村里人看见我说,你怎么来这打水呢?这井早就没人用了。我说井水怎么变这样了?村人说流水不腐,一直没人打水,井水当然变坏了。我说那么村东那口呢?以前我们都在那打水的,是不是也变坏了?村里人说过,那口啊,早干涸了。里面被淘气小孩扔了不少树枝和脏东西。

我不禁愕然,怎么会这样呢?那年大旱它都没有枯竭,硬是吐出了清清的井水让全村人安全度过了旱季。这两口老井完全可以用"生命之源"来赞誉,那时候,村里人都围在井边,洗衣洗菜拉家常,何其热闹?如今它们竟然在人们的冷落中一个浑浊一个干涸。我怅然若失地转身,却仿佛听到了老井苍老的叹息:唉……要是还有人经常来我这里打水,我怎么会变成这样呢?

我一哆嗦,是啊,老井是因为被忽视才真正老朽的呀!

回到家,母亲接过我手里的吊桶就乐了,你啊,这么大了还像个孩子。我咧咧嘴却乐不起来,因为我发现母亲不知道什么时候起,脸上全是皱纹了,再看父亲,挺直的脊背也在我不经意间弯成了一张弓。怎么突然间父母就老了呢?我的鼻子泛起一阵酸意,眼睛变得模糊起来。

父母含辛茹苦地把我抚养长大,我却只顾忙自己的生活,有时候连个电话都懒得打。每一次我回家,他们总是那样高兴,忙里忙外准备我爱吃的东西。每一次我打电话回去,父母总会在电话里数落:你这孩子,好好的,打啥电话,浪费钱!现在想起来他们说这话的时候,脸上一定挂着怎么收也收不起的笑。孩子再大都是父母的牵挂,儿女走得再远,也走不出父母的守望。我一直在享受着这份守望,却没有想过父母正在我的忽视中老去。

我喃喃地说,对不起。母亲慌了,这孩子犯傻呢,怎么尽说莫名其妙的话。我一手挽住父亲,一手挽住母亲说,爸爸妈妈,从今天起,我要经常陪着你们。母亲嗔怪道,瞧你这个丫头,一会风一会雨,真的是长不大!我皱皱鼻子说,是啊,我就是长不大,你们啊也不许老!一句话把父母逗成了两朵灿烂的菊花。

儿子撕了英语书之后

妈妈篇

我怎么也想不到,儿子会撕坏他的英语书,儿子虽然调皮,但是他内心还是喜欢学习的。

回到家我迫不及待地开始了询问,我了解儿子的脾气,硬来非但不会有效果还会适得其反。稍一沉吟,我把儿子拉到跟前说,妈妈和你讲个故事好不好。果然,儿子抬起了头。

从前有一个小女孩,家里条件很苦。因为迟迟交不起学费,上学的名单给除掉了。小女孩没有和爸爸妈妈闹,只是变得越来越沉默。有一天,妈妈交给小女孩一个花布书包,花书包是妈妈用窗帘布做的。小女孩抱着那个花书包就哭了,原来爸爸妈妈东拼西凑终于为女儿凑足了学费。小女孩很珍惜这个来之不易的学习机会,每次考试都是100分。

下雨天,小女孩撑一把油纸伞,光脚走在泥泞的路上,一步一滑很艰

阳光穿过的早晨

难。小女孩光脚不是因为没有雨鞋,是因为雨鞋不合脚,一脚踩下去,鞋子就陷进了泥里,根本不能走路。那把油纸伞很沉而且很难打开,每次要放在地上,两个手使劲推,运气好了能打开,运气不好,弄半天都打不开。但是小女孩从来不在爸爸妈妈面前抱怨,她不想给爱她的爸爸妈妈增加负担,她感觉能够读书很幸福很幸福。

妈妈,那个小女孩就是你吗?儿子问。我点点头。我说现在你可以告诉妈妈怎么回事了吗?儿子再次低下了头,眼睛盯着脚面,轻声说:我和自己生气呢。

为什么?

英语很难读。

儿子,逃避,向困难低头是懦夫的行为,伤害自己的好朋友更加要不得啊。

我没有伤害好朋友。

你的英语书难道不就是你的好朋友吗?他是帮助你学习的朋友,你伤害他,他会很伤心的。

妈妈,我错了。

知道错了就改,我们一起来修复英语书好不好。

好。

英语全靠多读,反复读你就自然记住了。儿子,你有信心能战胜困难吗?

儿子坚定地点点头。

我微笑着摸摸儿子的小脸,心中暗暗舒了一口气。

儿子篇

下课铃响了,我随着队伍往教室外面走,我脚步沉重,就像霜打的茄子,蔫头蔫脑沮丧极了。我真的后悔啊!怎么就那么冲动呢。

我偷眼看了看老师,老师连正眼也没有瞧我一下,手里捏着我的罪证——几页英语书本。我当时真的昏头了,手好像不听大脑指挥,怎么就把书本给撕了呢。

要说班长也有错,她不该当场为难我,让我出丑。我英语不行,她偏偏让我当同学的面读英语。她有什么呀,不就成绩好点,拽什么呀,我偏不吃她那一套。她翻开英语让我读,我偏不读,伸手一夺。就听"刺——"书就坏了。书坏了,我也坏了,班长到老师那告状了,说我非但不好好学习还撕烂书本。她是好学生,老师当然向着她了。老师把我狠狠批评了一顿,还说一会儿要告家长。我倒是不怕被妈妈打,可是我怕看见妈妈失望的目光。

妈妈正向我招手,我好想就这样跑过去,拉着妈妈的手逃回家,可是不可能,老师不会让我跑的。妈妈过来了,老师在和妈妈说,妈妈的脸在变色,我恨不得挖个地缝钻进去,可是我不可能隐身,我完完全全暴露在阳光里,暴露在妈妈的失望里。

妈妈说老师对不起了,孩子不争气让您费心了,我回去一定好好教育他。妈妈扯上我的手,我看见妈妈的眼睛里泪光一闪。

回到家,妈妈问我为什么?我低下头不说,我能说什么呢?我希望妈妈打我一顿,只要妈妈能不生气。可是妈妈没有打我,而是和我说了一个故事,我猜出来了,这个故事中的小女孩就是妈妈,妈妈小时候生活条件很差,可是妈妈很珍惜学习,很刻苦。

和妈妈相比我是多么幸福啊,可是我不努力,不珍惜,我对不起妈妈。妈妈说得对,向困难低头是懦夫,我不要做懦夫,以后我一定要克服自身的缺点,认真学习,不让妈妈失望。

阳光穿过的早晨

第二辑 白菜的尊严

我家的新宠物

"呀,好大的刺猬呀!"

"刺猬?"我好奇地伸长了脖子。

白色的地砖上,一个绿色的网袋里团着一个黑乎乎的小东西。

"真的是刺猬吗?"我更好奇了,因为我只在电视电脑上见过刺猬,对了,活的也见过是在动物园笼子里,远远地看不大清楚。这次终于可以近距离看了!脑子想着,脚已经走到了跟前,蹲下身子。呵,小东西也正睁着乌溜溜的眼睛看我。那脸有点儿像老鼠,有点儿像兔子,还有点儿像小猪,圆圆的小耳朵,真是憨态可掬,要不是那一身尖刺看着有点怕人,真想抱抱它。

"好可爱呀"!我脱口而出。

"是啊,真的很可爱的,你买吧!"一个苍老的声音接口道。

"买?"我循着声音抬起头,一位头发花白的老大爷正冲着我微笑,"买下吧,算你便宜点。""我能养活它吗?"我犹豫着。

"能啊,刺猬很好养的。"

"真的?我给它吃什么呢?"

"随便什么都行,西瓜皮、香瓜皮它都吃。当然,你宰了它吃肉也可以,很好吃的。"

"我怎么会宰了它呢,我会好好养着它的。"

"对啊,一看你就是个善良的人,你一定会好好养它的,给10元钱,就是你的了!"

这时候我才感觉到自己有点中圈套了。哈,不过花10元钱买一个可爱的小精灵也很值得啊!而且儿子从没看见过刺猬,一定会喜欢。

我找了个纸箱子把小刺猬放进去。它似乎并不领情,吓得一下子缩成了个刺球。"小可怜,别怕我不会伤害你的。"我突然想起来上网查查怎么喂养刺猬。

网上说刺猬是杂食动物,栖山地森林、草原、农田、灌丛等,昼伏夜出,取食各种小动物,兼食植物,有时危害瓜果。我有点犯愁了,上哪去给它弄小动物吃啊?要是像养猫养狗那样就好了,反正试试看吧,实在不行就放生。

按捺不住兴奋的心情给儿子挂了个电话。

"儿子,猜猜妈妈买什么好东西了?"

"薯片?"

"你就知道吃,小馋鬼。是活的,动物。"

"小狗?"

"近了。"

"小兔子。"

"还是不对,告诉你吧,是小刺猬。"

"小刺猬,真的吗?"

"当然,妈妈什么时候骗过你!妈妈下班就把它带回家。"

"好啊!好啊!"儿子在电话那头高兴地大叫。

回到家,儿子听见声音就迎了出来。"妈妈,小刺猬呢?"

"哇,好可爱啊!"

"儿子,我们把它养哪儿呢?"

"放我房间。"

"不行,它有点臭臭,熏人。而且它不喜欢老被人打搅。"

"客厅?"

"不合适。"

"阳台?"

"也不行,阳台热,小刺猬怕热。"

"那你说吧。"

"养哪儿呢?对了,二楼浴缸,浴缸清洗方便。"

就这样小刺猬住在了我们家二楼浴缸,我去拔了些新鲜的青草放在硬纸板盒子里,小东西扒拉扒拉就钻进了盒子里,睡起大觉来。看来领养还挺顺利。刺猬是昼伏夜出的小兽,我准备了一条黄瓜放在外面,不知道它肯不肯吃。

第二天一大早我就去看它,黄瓜一点没动,真的玩儿绝食啊!也许是因为陌生吧。

"儿子,起床吃早饭了。"

"不吃,我要睡觉。"儿子赖在床上不起来。我灵机一动:"不好了,小刺猬跑没影了!"

"啊?"

"你赶紧找去吧!"

儿子一骨碌就爬了起来往二楼冲去,"老妈,不是好好地在浴缸里吗?"

"啊?在哪儿呢?我找半天没见呢。"

"在草丛里睡觉呢!"

"我瞧瞧,嘿,还真是啊。"我憋着笑一本正经地说。

第三天,小刺猬还是不吃不喝。我有点担心了,和儿子商量。

"儿子,小刺猬不吃不喝会饿死的,要不咱放了它吧?"

"那,你不是白花钱了?"

"怎么会白花钱呢,妈妈买回来的是一条小生命啊。你想,要是被别人买了,宰了吃了,多惨啊。你愿意它被吃掉吗?"

"不愿意。"

"你愿意它死在我们手里吗?"

"不愿意。"

"你愿意小刺猬开开心心的吗?"

"嗯。"

"孩子,大自然才是小刺猬的家,只有放回大自然它才会高兴。我们一起送它回家好吗?"

"好。"

我和儿子带上小刺猬出发了。要找一个人少一点,相对安静安全的树丛还真不容易,走了很长一段路也找不到适合的地方。阳光炽热,儿子热得小脸红通通的。半小时后终于找到了一处树丛,树丛下是没膝盖的杂草,这里应该来人稀少。

"小刺猬祝你好运。"我和儿子郑重地把小刺猬从纸盒中放出来。

小刺猬小心翼翼地伸出脑袋,爬向树丛,杂草有些松软,脚下一软,小家伙又害怕了,四脚朝天蜷缩成一团,一动不敢动,小脸和四肢蜷在一起像极了可爱的小婴孩。我找来一根粗壮的草茎,帮它翻过来。它战战兢兢伸出四肢再次向树丛爬去,这回它坚定了不少,步伐稳健,速度也加快了。儿子冲小刺猬挥手:"再见了,小刺猬。"

在小刺猬消失的那一瞬,我的心突然轻松起来,几日来的郁闷也在这一刻烟消云散了。

回来的途中,我说:"儿子,你会想念小刺猬吗?"

"会。"

"你还会觉得妈妈花冤枉钱了吗?"

"不会。我们救了一条生命呢!妈妈,小刺猬要是母的,它会生一窝小刺猬吗?"

"它会生很多很多小刺猬的。我感觉它是一只幸运的小刺猬,因为它遇上了善良的小男孩陆晨希。"

"它还遇上了一位善良的妈妈。"儿子大声说着,自行车骑得更欢了。

望着儿子日渐宽阔的背,我无声地笑了。

出游小黄山

每天困于斗室之中,心情难免压抑。看着蓝天白云、艳阳鸟鸣,我要出去走走,我对自己说。

刚好店里来了一位老先生,那位老先生年逾古稀,却是精神矍铄,乐观豁达。老先生曾是民国时的高材生,精通俄语、英语、日语。可惜生不逢时,在那个动荡的年月,蛟龙埋于浅滩。虽然命运不济,老先生还是积极乐观,笔耕不辍,无论软笔书法还是硬笔书法堪称一流。

我非常尊敬他,他没事也经常来店里找我们畅谈。我问他可知道小黄山李根源纪念馆?他说当然知道了,我家就住在附近,昨天还去游玩了。哦?我饶有兴趣地问道,哪里风景好吗?他说很美,现在又重新修葺一新,准备对外开放呢!我说我想去看看,可惜不认识路。老先生爽朗一笑,他说不介意的话我带你去便是。

于是我们一老一少相伴前往。一进大门,李根源先生的大型大理石塑像赫然在目,据说他是朱德先生的老师。其实我对名人并不是十分崇拜,相反我喜欢融于自然,醉于花木。

在李根源故居门前有一排百年榉树,郁郁葱葱生机盎然,人在树荫下甚是阴凉。一位86岁高龄的老人很是好客,他说这些树木都是李根源当年种下的,已经生长了百余年。在那个动荡的岁月,这些树木险遭不测,是他打电话给李根源先生才保了下来。老人说我负责保护这些故址已经有五十多年了。可惜李根源故居已然颓废,现在的是按照原址从新修复的。

老人耳聪目明,思维清晰,我想这些都是得益于老人拥有一颗正直的心和周围山清水秀的自然因素。

我们拾级而上,山坡上翠竹林立,春笋们破土而出,一派欣欣向荣的景象。老先生说要是有雨会更妙。是啊,我脑海不由幻象出雨打竹叶的沙沙声,笋尖顶着晶莹水珠的美景。不过晴天也有晴天的风景,满目苍翠,山坳坳里开放着不知名的花儿,灿烂得让人炫目,蝴蝶们翩翩起舞。它们无欲无求,在深山幽谷中尽情地享受在阳光中,怡然自得。我想到了一句诗句:山花寂寂开无主,彩蝶翩翩却有情。

再往上是听松亭,顾名思义在这里可以听到松涛。可惜今天没有风,我无缘听到了。站在高处放眼望去,山连山山套山,层层叠叠,山峦的包围下是一潭碧水。有一个人在独自垂钓,水清澈见底。我停下观看,却不见有鱼儿上钩,我笑了,也许那人垂钓的就是一种心情吧。

和我同游的老先生非常开心,他说想不到呀,想不到可以和一位妙龄女子同游。我呵呵一笑,年龄不是差距,重要的是我们都有一颗崇尚自然的心,在大自然面前我们都是同龄人。山风穿透我们的身体,我们的心都变得异常轻盈起来。老先生诗兴大发当场吟诗一首:

阳光穿过的早晨

风水宝地生百福,春意盎然老少行。

青山着意画为桥,绿水为我拓金路。

我不禁击掌称妙,也忍不住作诗一首:

红日挽青山,幽潭绕谷寒。

无心争艳色,独钓一池蓝。

老先生抚掌笑道,妙呀!长江后浪推前浪,老夫自愧弗如。我也笑道,老先生过奖了,晚辈只是班门弄斧而已。此时温暖的太阳慷慨地洒遍大山,洒遍大地所有的生物,一切是那么和谐而安宁。融入这样的美景之中,让人感到内心一片澄明。暂时忘却了尘世的纷纷扰扰,心情也格外轻松。细想起来真的无须苛求什么,人本来就是自然的一部分,那么就顺其自然吧。就像那些花、那些蝴蝶、那个垂钓者……呵——还有我们这两个忘年游伴。

看 雪

傍晚,我正在电脑前忙乎,楼下传来儿子的惊呼:"老妈老妈快下来,下雪啦!"

我一听赶紧站起身跑到窗前。可不是,洋洋洒洒的雪花正悄无声息地飞舞着,而且对面的屋面已经积了不少雪了。看来下了有些时候了,我待在房里一点没觉察到。

这是今年的第一场雪,前一阵就听见文友们说他们那下雪了,我心里羡慕得要命,苏州这个月差不多下了半个月的雨,老天爷一直阴沉着一张脸,仿佛有吐不尽的委屈。今天,雪终于来了!

"儿子,看雪去!"我冲下楼拉起儿子就跑进了雪中。

"滑雪喽!滑雪喽!"儿子跑着笑着,他不停地用脚滑着积雪。

"小心!别摔着。"我不无担心地提醒他。

"没事儿,摔不了!"儿子伸出双臂做出飞翔的姿势,优美地让我嫉妒。

我一边紧跟着儿子的脚步,一边欣赏雪花的曼妙。雪花多像调皮的孩子啊!它们追逐着打闹着,一团团一簇簇轻盈而下,任意挥洒着它们独特的创意。瞧!菜地里,大青菜成了白色的牡丹花;小青菜成了连绵起伏的棉花,连路边光秃秃的老槐树也成了洁白晶莹的圣诞树。

"老妈,我喜欢冬天,喜欢冬天的雪!"儿子双手做成喇叭状冲我大喊。我也做成喇叭状回应:"我也喜欢冬天,喜欢冬天的雪!"。

儿子冲我扮了个鬼脸:"学人说话,没创意!"

我也扮了个鬼脸:"老妈老了,创意细胞枯竭,嘿嘿!"

儿子又大声叫:"雪花,明天我要用你做冰雕!"

在雪中疯够了,回到家,我和儿子俩鞋袜尽湿。我们哈哈笑着把鞋袜脱下扔到一边,异口同声叫道:"爽!爽歪歪!"

第二天清晨,张开眼,发现房里超乎寻常的明亮。

是雪的辉映还是太阳出来了?我摇醒儿子:"儿子,你猜猜今天是什么情况?"

儿子睁开惺忪的小眼睛说:"不用猜都知道,天地白茫茫一片。白茫茫?我立马看看,我要做冰雕!"

这孩子,屁股底下像装了弹簧一般,直接从被窝里"弹"了出去。

"你穿上衣服再看,冷!"没等我话音落地,儿子已经"弹"到了窗前。

阳光穿过的早晨

"凭昨晚那么大雪,不积起来也难。"我嘟囔着一边穿衣服,一边等待儿子的喜报。

但是我没有听到我预想的惊呼,儿子无声无息地回到了被窝。

"路面上没有积雪,都化了。怎么能没有积雪呢?"儿子有些泄气。

"也许,后半夜下了雨,雨水把雪融化了,也许是因为太阳,对了,太阳大吗?"我问。

"大,明晃晃的。"

"那还不赶紧穿衣服?"

"做不了冰雕穿衣服干吗?"儿子往被窝深处拱了拱。

"看太阳啊!你不觉得很久没看见太阳了?被太阳晒着感觉不会比做冰雕差。"我怂恿着儿子。

"好吧。"儿子动心了,但是看得出来兴趣还是不大。

外面风有些刺骨,但是因为太阳,心里感觉有一跳一跳的愉悦。

"啪嗒啪嗒",儿子开始了破冰运动。小孩子总会在不同的环境里及时地找到属于他的乐趣,但是很明显比不上昨天踏雪时的兴奋。

"儿子,抬头!"我提醒他。

"哇!好蓝好蓝的天空啊!"儿子惊呼。

"你看它像什么?"

"蓝宝石、蓝缎子!"

"美吗?"

"美!"

"这是太阳带给我们的,虽然它融化了你想要的雪花,但是它带来了另一种美。儿子,你发现没有?其实美和快乐无处不在!"

"比大海宽广的是天空,比天空更宽广的是心灵。"儿子看着天空,嘴里突然冒出了这么一句富有哲理的话。

我看着儿子一本正经的小脸,瞠目结舌之余欣慰地笑了。

买票轶事

接到电话邀我去太仓参加七夕颁奖晚会。

太仓不远,也就一小时不到的车程,又刚巧那天下午我休息,于是就欣然答应了。

赶到汽车南站,人不算多也不算太少,每个窗口就七八个人吧。

我的目光溜了一圈,想找个队伍短一点的。还真被我发现了——一个窗口上没人。

事不宜迟,我跑过去一看,却发现里面的售票员在点钱。

会不会是要交接班不受理卖票了?犹豫了一下我还是排到了旁边的队伍,这时候旁边的队伍又增长了一点。

刚排好队,一个女的跑去了我刚去过的窗口,我偷笑——那女的肯定和我一样没戏!

出乎我的意料,那个售票员停止点钱开始了售票。

等待售票的人都是火眼金睛,几秒钟的时间,那个窗口又长出了尾巴。我心里不禁懊丧起来,我刚才怎么就不知道问一下呢?这真是名副其实的"哑巴亏"!

没办法,也不划算再挪地儿了,等买到票,我傻眼了,要等四十分钟。

走进候车厅,检票口"苏州到太仓"的大字还红着,我心里燃起一

阳光穿过的早晨

丝希望。检票员说,刚开走,你要坐的车次还没来。当时我真想抽自己,就差了我犹豫的那个时间,要是不犹豫我已经上车了,现在只能在候车厅熬时间了……

痛定思痛,人不能在同一个地方摔倒两次不是?回苏州不能再犯同样的错了。我毫不犹豫冲到一个空的窗口,干净利索:买票,苏州南站。

售票员手脚也挺快,一会儿票就给我了。我拿到手里一看,差点晕倒,离上车要等45分钟。

不应该啊,太仓到苏州班次很多的,基本半小时一趟。

我赶紧问:同志,还有早点的吗?答:没有。吴中汽车站的呢?答:也没有。

该不是又刚开走吧?我咋这么不走运呢!

沮丧地来到候车厅,抬头看见检票口几个红红的大字,顿时来了精神:太仓到苏州北站准备检票。

一溜小跑跑到窗口,再次傻眼,刚给我卖票的售票员竟然脱岗。

找边上的试试。

同志,请帮我换张票苏州北站,我赶时间,麻烦您了。窗口里扔出有点不耐烦的答复,哪买的哪换。

可是刚才那位不在岗啊,快来不及了,您就做做好事吧。

沉默……我的心怦怦怦……

好吧,帮你换吧。

啊,这简直天籁之音啊!我拿了票又一溜小跑,谢天谢地,最后一个上了车。

坐在车里我突然涌起一股感慨,性格决定命运真的一点没错。以前我一直优柔寡断,木讷少言,很多本来能做成的事情都失败了,我老觉得失败是因为自己运气不好所致,却没有想过把握、争取比消极地依靠运气要有胜算得多。

白菜的尊严

天蒙蒙亮的时候,小霞和父亲拉着白菜到了城里。

时间刚好,小霞舒了口气。跳下车四周一看,心又揪紧了。

只见蔬菜交易市场外围停满了一辆辆卡车,车厢里全是白刷刷的大白菜。

怎么都运这边了?

小霞拉拉父亲的衣角努努嘴,父亲显然也看见了,巴巴地望着小霞。

父亲本来就是个没有大主见的人,这种大白菜还是小霞的主意。

去年小霞去了表姐的城里打工,看着城里的花花绿绿,眼睛都直了。这城里人过的日子才叫日子啊。小霞看看自己寒酸的打扮,想想一个月累死累活才挣几百元工资,怎么也睡不着了。小霞想打工只能混个不饿肚子,想挣钱必须干大事。开厂当然不行了,需要大量的资金。什么既不需要花钱又能挣钱呢?

一次,小霞路过一家麻辣烫小店,看见店主正把成捆的大白菜往店里搬。这个无意中的发现让小霞多了个心眼,不久小霞就发现不管是大小饭馆还是街边火锅麻辣烫都需要大量的大白菜。小霞的脑子里灵光一闪,老家有的是土地,大多数人都外出打工了,地都空着。

小霞像捡到宝似的,辞工回家了。

阳光穿过的早晨

和父亲商量后就立马行动了,村里人的地荒着也是荒着,很爽快就租给小霞了。

眼看大白菜长成,小霞心里充满了希望。可眼前这情形无疑是兜头浇了一瓢冷水。

"你这白菜什么价?"一个胖嘟嘟的男人走了过来,还没等小霞开口男人又说,"两毛钱三斤卖不?要是卖就过称。"

"你这不是趁火打劫吗?你以为我这白菜是天上掉下来的?"小霞气得狠狠瞪了那人一眼。

"你也不看看局势,这白菜就是贱,贱卖还有个贱价,不卖你等着烂掉吧!"男人抽动着两片肥肥的唇一脸不屑。

"烂掉我也不卖给你!"

"不卖拉倒!到时候别求我买你的,哼!"那人鼻子里冷哼一声晃着肥胖的身子走开了。

"闺女,要不咱们就便宜点卖了吧,总比拉回去好啊。"

父亲愁眉苦脸地看着大白菜。

"爹,这都是咱们辛辛苦苦种出来的,就算白送也不能便宜了那些奸商。对,就白送!"

小霞说到做到,真的写了个牌子:新鲜大白菜免费赠送,每人限领两颗。

竟然有白送的好事?人们都闻讯赶来,没多会连电视台也惊动了。记者伸着话筒问,"辛辛苦苦种出来的白菜都白送,你难道不心疼吗?"

"当然有点心疼。"小霞撸了下披在额头的乱发说,"这些都是我和体弱的父亲起早摸黑侍弄大的,可以说这些白菜是我们的希望。但是商贩们看见白菜货源多就拼命压价,这是对我们劳动的不尊重。人可以穷不能没有尊严,同样我的每一颗大白菜都是有尊严的。所以我决定,与其给奸商压价赚取暴利还不如送给真正需要的人。"

小霞的话赢来了一片热烈的掌声。

一位满头白发的老奶奶说："姑娘，我不能昧着良心白拿你的大白菜。市场价多少就给多少。你别和我推辞，就冲你这骨气，这白菜买得值了。"

"是啊是啊。我们都买。"

大白菜很快就被抢售一空。

"真的想不到啊白送还挣钱了。"

望着空荡荡的车厢，父亲愁眉舒展了。

小霞笑着说："爹，在任何时候都要坚持自己的底线，尊重自己别人就会尊重咱们。"

父亲脸色凝重起来，佝偻的腰突然挺了挺，小霞笑得更灿烂了。

折翼的天使也能飞翔

阳光穿过的早晨

女孩出现在舞台的时候，吸引了所有人的目光。

女孩身着洁白的纱裙，她肌肤白皙，五官精致，乌黑的头发高高挽起，她的笑容清新而自信，镁光灯下，宛若一朵盛开的白莲。

人们都好奇地注视着这位坐在轮椅里的女孩，要知道这是一档舞蹈节目，难道那女孩是一位特别的观众？

主持人将麦克风递给女孩，女孩擎着麦克风娓娓讲述了一个催人泪下的故事。

她曾经是个健康活泼的小女孩,从小对舞蹈有着独特的天分。那修长的双腿是老天送给她的最完美的礼物。她似乎生来就是为舞蹈而生,只要双腿舞动,她就是最快乐的精灵。她是父母的掌上明珠,为了让这颗明珠更加璀璨,父母将她送去了舞蹈学校。

在音乐的海洋里,女孩旋转旋转,就像一只翩翩起舞的小蝴蝶。

这一切终止于一声刺耳的汽车刹车声。

女孩醒来的那一刻感觉了身体的异样,我的腿呢?我的腿在哪儿?!

流泪的母亲抱住她,孩子,坚强点儿,一切会好起来的。

她的脑子一片空白,她不明白好起来代表着什么。

直到母亲为她买来一架轮椅,她才明白"好起来"只是能活着,一辈子和轮椅为伴。

为了避免刺激她,父母杜绝了一切音乐的播放。给她买来了很多残疾人的励志故事书。她咆哮着将书本撕烂,你们给我这些有用吗?能长出我的腿吗?能让我跳舞吗?

母亲惶恐地搂住了她,对不起,孩子,都是妈妈的错,妈妈没有照顾好你……

她粗暴地推开母亲,你现在说这些有用吗?有用吗?如果你还爱我,就不该让我醒过来!我不要这样活着!不要!

母亲的泪一滴一滴滑落,孩子,你失去的只是双腿,如果你没了,妈妈失去的是心爱的女儿。你让妈妈靠什么活下去?

她打了一个激灵,眼光不由自主地看向母亲。

憔悴而苍白的脸泪痕道道,红肿的眼睛慌乱而无助,杂乱的头发隐隐闪出银丝,瘦削的肩膀因哭泣而耸动,这是曾经秀美的母亲吗?她的心突然痛了。

于是她假装安静,默默吃饭,默默活着。她知道,快乐从此不再属于她。

一天,母亲兴奋地跑进来,手里拿着一封信。

孩子,你又能跳舞了!

她对母亲的话不以为然,妈妈,你就别哄我开心了。

是真的,你看。母亲颤抖着手把信递给她。

她将信将疑地把信展开:你好,现在有个体育项目叫轮椅舞蹈。如果你热爱舞蹈并且有足够的信心和耐力,我们就能重新点燃你舞蹈的梦想!

这是真的吗?我真的还能跳舞吗?她把信贴在自己的心口,听到了心的狂跳。

妈妈使劲地点头,真的,宝贝,你真的还能跳舞!

那天晚上她抱着信不敢睡着,怕睡醒了是一个梦。

第二天她迫不及待地和妈妈一起去报了名。舞蹈中她重新快乐起来,舞蹈中她重新获得了新生。

她在日记本上写下——我庆幸我没有放弃生命,原来世界上最可怕的事情不是失去,而是放弃。

音乐响起,女孩和他的舞伴配合演绎了一场缠绵悱恻的爱情舞蹈,女孩在轮椅中旋转旋转,轮椅和女孩完全融为一体……

第三辑

阳光下的安琪儿

那年的炒面

三年自然灾害的时候,我念高一。

我娘居然给我提了一小袋炒面过来。我说娘,你哪弄来的?不是都没粮食吗?

娘说,这你别管,娘拿来你只管吃。娘又神秘兮兮地说,娘天天吃这东西,都吃腻了。

我不相信地看着娘,娘瘦了,皱纹也多了。

娘笑笑说,娘故意减肥呢,太胖了没力气,你看娘现在多精神!

娘双手叉腰转了转身子,你看娘的腰也好了。

我放心了,那袋炒面在同学们惊羡的目光里被我咀嚼得满嘴留香。

高三考试,因为要借用我们的教室,放假三天。

我喜冲冲回家了。

到家刚好午饭时分,望着自家烟囱里冒出的袅袅炊烟,仿佛看见了娘在灶前忙碌的身影。

娘,我回来了。

我大声叫着往家跑。

月月,你咋回家了?娘双手搓着围兜一路小跑。

娘,我回来了!我搂着娘又蹦又跳。

这孩子,咋长不大呢!娘咧着嘴笑。

娘,做啥好吃的了?

我不由分说跑到灶前,掀开锅。

我愣住了,锅里蒸着几个黑不溜秋的饼子。

娘,这是啥?

这,这是娘做的吃着玩的……

娘说这话,眼睛分明在躲闪。

娘,我尝一个。

没等娘回应,我就掇起一个咬了一口,顿了下,大口咽了下去说,娘,真好吃!

娘诧异地张大了嘴巴。

我笑着又是一大口,真的,太好吃了!娘,以后你就给我送这个来,这比炒面好吃多了。

其实那个饼子又苦又涩,我的第一反应想吐出来。但是我没有吐,你知道为什么吗?我眼睛看着儿子。

儿子摇摇头。

因为你姥姥把炒面省给了我,自己却天天在吃难以下咽的树皮饼子。知道这叫什么吗?

儿子眨巴这小眼睛说:"这个?这个——"

儿子夹起我刚才挑给他的鱼肉,又指着我碗里的鱼尾,"就是这个!"

我微笑着点了点头。

回　家

灵岩山是风景名胜，又是佛教圣地，他选择这里是非常有眼光的。

他面前放着一只大号茶缸，茶缸脏得已经看不出原来的颜色，这个肮脏的大茶缸对他来说是个聚宝盆，他的一日三餐全在里面，那时不时叮叮当当的声响，对他来说也无异于天籁之音。

他眯细着眼睛匍匐在路边，右腿圈起，左腿搁在右腿上，却只有半截，半截裤腿里露出黑黝黝的断腿，圆溜溜的断腿截面处被涂上了红药水，看着触目惊心。一些胆小的，不敢看，直接把几个硬币扔在茶缸里，他点头道谢，杂乱的头发和胡子纠结在一起，白多黑少，一张脸看不出是哭是笑，悲戚中带着卑微的笑意，笑意里仿佛泪水会随时滚落。

今天是周末，再加上天气宜人，游人特别多，他面前的大茶缸很快就积了不少钱，他必须乘没人看见时拿掉一些，太多了，别人就不愿意再给，也不能拿完，一个没有，人们出于跟风心理，也会不愿意给。所以他茶缸里的硬币总是不太多也不太少。

只有他自己知道一天能挣多少，其实他对这样的乞讨生涯是相当满意的。

当当，茶缸里又多了两枚硬币，他职业性地道谢。面前站的是一位漂亮的女孩，女孩粉脸桃腮，秀丽可爱。女孩的眼睛里盛满怜悯，这眼神

让他想到了女儿,女儿曾捧着一只受伤的麻雀,说爸爸它好可怜。18年了,他一直背井离乡过着乞讨生涯,而这全因了那场可怕的事故。

那天,他和往常一样去工地。他是负责开建筑电梯的,这份工作虽然枯燥却是让人羡慕的轻松活。他干了好多年了,可以说驾轻就熟了,甚至凭声音他都能辨别电梯到了第几层。可是这次他却听到了异样,一阵撕心裂肺的疼痛后便失去了知觉,等他醒过来,左腿被压烂了,人们都说幸亏他机灵,不然肯定没命了。

回家后,家人给他做了一辆四个轮子的木板车便于他活动。他却不愿意动一下,只是发傻发愣,没有了腿我还活着干啥?活着只会拖累家里。

在一个静悄悄的清晨,他拖着残腿,离开了家,他想安静地死去。他用手撑地,费劲地滑动那辆四个轮子的小木板车来到火车站。实在走不动了,就停下来休息。突然,当啷一声,面前多了一枚硬币,原来那人把他当成了乞丐。他感到非常羞辱,他说拿走,我不是乞丐。那人冲他匪夷所思地看了一眼咕哝一句,这人有病吧。他把钱扔出去,被一位乞丐飞快地捡走了,那位乞丐走到他身边蹲下来,一脸讥讽,你都这样了,还自命清高呢。我还告诉你,别瞧不起咱这份工作,咱挣的钱不比别人差。

一语惊醒梦中人,他也能挣钱啊。但是不能在家门口,不能给家里人丢脸。他坐上了火车去了一个陌生的城市。还别说,随着乞讨技艺的娴熟,他要到的钱越来越多,甚至比他在工地挣得还多,他把钱寄回家里并附言,我很好,别为我担心。却不留下地址,他不能让家里人知道他在乞讨。

一晃出来已经18年了,他记不清寄回了多少钱了,他知道他寄回去的钱可以让家里人过得更好,这样他就满足了。

正想着,天突然变了脸,雨在毫无症状的情况下倾盆而下,人们纷纷躲进了路边的小店。他赶紧收拾面前的搪瓷缸,正在他手忙脚乱之际,雨停了,一股淡淡的清香飘进他的鼻子,他抬起头,一张年轻的脸正微笑着看着他,就是刚才的女孩,她正为他打着伞。她说,老爷爷,你的衣服都淋湿了,快回去换衣服吧,不然会得病的。他点点头,两行泪爬过湿漉漉的脸庞。

于是出现了一个这样的镜头:风雨中,一个青春靓丽的女孩打着一把伞,伞下遮蔽的是一位在木板车上滑行的流浪残疾老人,为了更好地为老人遮雨,女孩弯着腰行走着,身上的衣服完全被雨淋湿了。

这个镜头很快被传上网站,引起了轰动,女孩被称为"苏州最美丽女孩"。记者找到了老人,问老人,老人家,你有什么要说的吗?

他对着记者的镜头,再次流泪了,他说,我也有一个这样善良的女儿,我想她了,要马上回家。

伴

阳光穿过的早晨

小区突然间停水,说是维修,要停一整天。我不得不提两热水瓶上开水间。那个开水间,虽然我一直会路过,却从来没进去过。

打热水的还真不少,我进去以后感觉有点意外,因为开水间的经营者竟然是一对年逾古稀的老夫妻。老头褐色的脸膛布满岁月的履痕,满头白发,深深浅浅的皱纹里填满煤灰的污垢,一双筋脉虬出的手做起事情来有些微微颤抖。老头上下忙活着,老太太安静地坐在一边,收钱

或者倾听老头和顾客们说笑,面带微笑神色安详。她脑后盘着现代人很少看见的发髻,穿着三四十年代的苏州人传统服饰,腰间还围了一个小围兜。

老头时不时会转过头招呼老太太,老婆子哦!老太太或点头或微笑。在等待的当儿,我说出心中的好奇,我说你们这大年纪了,应该在家享福了,怎么还在经营开水间呀?老太太笑而不答,老头说话了,在家闲着也是闲着,干干活对身体好。说完爽朗地笑了。

我在心里想这对老人的生活一定不容易,可是后来知情人的说辞推翻了我的武断猜测。

其实这对老人的生活很安定,儿子们都很出息,在大城市里买了房子,曾经想接老两口去城里的,但是他们拒绝了。理由是住惯了一个地方就不想再挪窝了。更何况老头有一份很不错的退休工资,衣食无忧。虽然老头的心脏不是很好,但是老太太手轻脚健,照顾老头绰绰有余。开这个开水间是因为老太太。

在一个细雨霏霏的清晨,老太太突然摔倒了,并且昏迷不醒。虽然抢救过来了,半边身子却失去知觉,说话也变得口齿不清。本来就安静的老太太变得更加沉默寡言了,拒绝外出,拒绝见人,一个人躲在家里暗暗叹气,默默垂泪。老头看在心里急在心里,他说,老婆子,这病没有什么了不起的,慢慢锻炼就会恢复的,还有啊,你要多说话,说话多了,脑子就开动了,脑子一灵活,其他零件就都灵活了。老太太说我都废人了,活着也是个累赘!老头说,我都当了你一辈子累赘了,要是你不在啊,我连双袜子也找不着,别说吃顿热饭了,你照顾了我一辈子了,这会儿啊是老天特意要让我来照顾你,不过有条件的,等你好了,你还得照顾我。说着老头还冲老太太做了个滑稽的鬼脸。老太太"扑哧"被逗乐了。老头说我想好了,我们来经营一个开水间,这样你就有事情干了,不会觉得闷。老太太说,我这个废人啥也干不了。老头说,谁说干不了?你可以坐在那里帮我收钱啊,还可以拣拣煤啥的。

于是开水间就开张了,生意还真不错,来来往往的人多了,老太太也慢慢开朗起来。渐渐地老太太能扶着东西走了,后来可以走好几步了,就算老头出去送水,老太太也能独立照看生意了。生活又回到了和谐安康的氛围。

我听着真为这对老人家高兴。这个开水间成了我关注的对象,每次经过,我都会刻意地看看这个开水间,看看这对忙碌的老人。看见他们风雨无阻地开着门,心中就会涌现踏实的幸福感。

可是几个月后的一天,我发现开水间没有开门,一种不祥的预感顿时笼罩了我。

我忙去边上的杂货店打听,杂货店老板告诉我,开水间的老头昨天突发心脏病去世了。我的心一下子沉到了谷底,我想这个开水间将永远不会开了。但是走过的时候我依然会去关注,我希望那扇大门会再次打开,虽然这样的希望是那样不现实。

在这样不现实的期盼中过了五天,在五天的消耗中,期盼已经差不多磨尽。也许是出于习惯吧,我还是扭过头看了一眼那个门。天哪!门竟然开着!我用百米冲刺的速度冲了进去。

老太太独自忙碌着,依然是那样的穿着,依然很安静,不同的是,那张脸比以前瘦了很多,皱纹堆积着皱纹,几乎看不清原来的轮廓。我站立着一时不知道该说什么好,老人看见我笑了一下。我没话找话吭吭哧哧说,阿婆,你还好吧?我不知道老太太会不会回答我,因为在我印象里,老太太很少说话。

还行,老头子走了,我还要好好活下去,让老头子在那边安心。老太太的声音很轻很柔却透着坚强,她掂一下筛煤的筛子,把不好的拣出来。我说,您一个人打理这个开水间太辛苦了。老人说,不辛苦,这里有老头子的气息,他在陪着我呢。说着老太太深情地看向老头经常待的地方,

阳光穿过的早晨

笑了一下,两行泪顺着多皱的脸庞蜿蜒而下。

后来我经常去开水间打水,虽然小区再也没有停过水。

姐　　妹

一大早,秀梅在大门口叫四嫂。

四嫂说进来说。秀梅犹犹豫豫地说不了,和你商量个事。四嫂说,什么事?只管说。秀梅说,孩子缴学费,凑来凑去,还差三块钱……四嫂一听就乐了,就这点事啊,没问题,我这就给你拿去。

四嫂从挂在梁上的篮子里拿了三块钱给了秀梅。四嫂其实也不容易,老公很早就得急病死了,扔下她一个人孤零零地守着日子。四嫂勤俭,拿乡下的口头禅说吃根萝卜干也要算算。要是换了别人跟她开口,她不一定会答应。可是秀梅不一样,四嫂拿秀梅当姐妹。

秀梅是插队来的知青。村里人都看不起知识青年,说光会嘴皮子功夫,不会干事。秀梅不爱说话,女人们又说她孤傲,也不爱搭理她。四嫂不这样看,秀梅是高中生,就跟以前的秀才差不多,四嫂敬重文化人。秀梅不仅识文断字,还经常义务给村里的孩子们上课。

四嫂空闲时经常去秀梅那串门,拉家常,听秀梅说说外面的事情。秀梅的脾气慢条斯理,从来不发急,人也长得好看。四嫂经常感叹,可惜了这双手,这细细长长的分明是拿笔的手啊,如今却要拿锄头。

秀梅笑，没有农民种粮食，手再漂亮也不管用。你这双手也可以拿笔的呀。四嫂也笑，得了吧，我这手啊，搬土疙瘩还差不多，还拿笔呢。

四嫂下工回来，见篮子扔在地上，钱不翼而飞了。

早上刚借钱给她，钱就给偷了，太蹊跷了吧。四嫂翻来覆去怎么也睡不着，她不愿意怀疑秀梅，可是……想不出头绪的四嫂眼泪汹涌起来，这些钱可都是牙缝里省出来的啊！

第二天上工，四嫂没有和往常一样主动跟秀梅打招呼，秀梅怯怯地望了她一眼也没有吱声。

村里的"大喇叭"马二婶咋呼起来，哟，四嫂，你这是怎么了？眼睛怎么跟核桃似的？四嫂眼圈红了：不知道哪个黑心贼把我家的钱偷了。呜呜……我是好心没好报啊，刚刚借了钱给人家，一会儿钱就给偷了。

你把钱借谁了？

秀梅。她说孩子交学费差点钱……

你怎么能借钱给她呢？知青没有好人，别看他们一肚子墨水，墨水喝得越多，心肠越坏。马二婶的嘴巴撇到了下巴上。

女人们的眼睛都往秀梅那瞧，她们嘴里发出"啧啧"的声音，嘴角也往下巴方向撇。秀梅低着头，只管干活。

瞧瞧，不敢吭声，十有八九是她偷的，这叫做贼心虚。呸！马二婶愤愤不平地往地上吐了一口浓痰。女人们的兴致又给挑动起来，也纷纷冲秀梅吐口水。

秀梅的脸红一阵白一阵，眼泪哗啦一下绝了堤。她跑到四嫂面前说：不是我……

马二婶说，不是你？那怎么就那么巧啊！不是你也十有八九是你和贼串通了！

秀梅连连摇头，她求助地望着四嫂，四嫂转过了身子。秀梅掩住脸哭着跑开了。

四嫂抹了一把眼泪说算了。马二婶说不能算,你这人就是好说话,你对她那样好,她竟然恩将仇报。要不是她偷的,她怎么不敢吭声啊,明摆着的。

马二婶拉着四嫂到了秀梅家,把秀梅家仅有的两只正生蛋的芦花母鸡捉走了。

秀梅老公冲上去,被秀梅抱住了。

四嫂把鸡捉到家里好生养着,她想只要秀梅来认错,这鸡还还她,毕竟大家都不容易。可是等来等去,秀梅没有来,穿着白色警服的公安来了。

四嫂顿时慌了神,想想自个儿没有报警,那么一定是秀梅报了警。

四嫂心里一闷,好你个严秀梅,恶人先告状啊!

公……公安同志,是这样的,我家的钱给偷了……

我就是为这事来的。警察打断四嫂的话。今天所里抓到一个惯偷,他交代说偷了你家钱,我来核实一下。

啊?!四嫂一拍屁股,捉着两只芦花鸡就往向秀梅家跑。

选 择

吸氧,输液,心脏复苏。

我们不停地忙碌着,额头都沁出细密的汗珠。很好!病人血压恢复正常,心电图恢复正常。病人恢复自主呼吸。我们松了口气。

病人是一位老人，松垮的脖颈上有明显的勒痕，面色发紫，来时深度昏迷。送老人来医院的是一位体格强健的青年。他一直焦灼不安地在抢救室门口徘徊，见我出去，一把拉住了我。

医生，我奶奶怎么样了？

现在暂时没事了。我冷冷地看着他，怎么回事？老人脖子上怎么会有勒痕？

我怎么知道！青年一脸沮丧，薅着根根直竖的板寸。是村里的老九发现的，老九上山砍柴发现我奶奶在树杈上挂着，幸亏发现及时呀，要不然……唉，也不知道奶奶是怎么想的，我爸爸还在医院呢，这不是存心给我们添乱吗！

哼哼……床上的老人发出了声音，我死了吗？青年抢上一步，奶奶，你没死，差点死了，你是不是老了脑子不清楚了，没事你干吗自杀啊！还嫌不够乱是不是？我用手势阻止年轻人继续说下去。

老人家你感觉怎么样？

为什么我没死！我想死。活着一点儿意思也没有，只会害人。老人喃喃自语，嘴角不停地颤动，泪水爬过她满是皱褶的脸，她的嘴其实是一道更深更大的皱褶。稀稀拉拉几根白头发勉强挽了一个发髻，松松垮垮吊在脑后。

我说老人家你别瞎想，保重身体。老人突然睁大眼睛一把攥住了我，她说，医生求求你，让我死吧，我这老不死的不死，孩子就不太平！

我正感到诧异，青年抢着说，医生，我老爸病了在市医院，情况不太好，估计我奶奶受刺激了。

我的目光再一次停留在老人的脸上，老人也抬起浑浊的双眼定定地看着我，透过她的眼睛我看见了忧伤和无助。这眼神我见过，对了，就是她！

那是三个月前的一个傍晚，我正收拾东西准备下班，却探进一颗灰

白的脑袋。她脸色憔悴战战兢兢。我说请进。她犹豫着走进来,我想包扎一下,这血咋老出不停了?她举起手,食指上缠绕着破布,破布上血迹斑斑还有鲜红的血不断渗出。

我赶紧为她进行伤口处理。解开缠绕的破布,伤口很深,呈锯齿状,几乎能看见森森地白骨。我尽量动作轻柔,老人还是疼得哆嗦起来。我问她怎么受的伤?锯子锯的?嗯。老人懊丧地说,都怪我自己不小心。

伤口处理完毕,我开出一张单子,去交钱吧。

这单子上开的是什么?要多少钱?老人小心翼翼地问。我说是消炎药和破伤风针。

还要吃药打针啊?

当然,快去交钱吧。

打针贵吗?老人嗫嚅着,要很多钱吧?我说不贵您赶紧的吧,超过24小时就没用了!

老人还是犹豫着,时不时看看门外。这时,一位中年人走了进来,中年人高高大大,和瘦弱的老人形成鲜明的对比。他一脸的不耐烦,怎么还没好啊?一点点小伤就那么紧张!老人不安地低下头,就像一个做错事的孩子。我说你是病人家属吧,快去窗口交钱吧,马上打破伤风针。中年人斜睨了我一眼,没那么多事,你们医生就会吓唬人骗钱!

我猜测这位应该是老人的儿子,虽然他从进来到现在没有叫过一声妈。他漠然的态度让我有点气愤,我说你怎么能这样说呢!万一感染破伤风就来不及了。谁知道中年人恶狠狠地瞪着我说,要你狗拿耗子多管闲事,我说不用就不用!走,我们不看了。说完头也不回走了出去,老人看了我一眼,惴惴不安地跟了出去。

老人离去时那无助而慌乱的眼神让我记忆深刻。想不到事隔三个月后,老人竟然为了儿子去自杀。我说老人家,那是迷信,你千万别干傻事。老人哽咽着用手捂了脸,像是诉说又像是自言自语,他才四十多岁啊,他不该病,我不能让阎王爷带他走,让我来替他吧!

青年惊讶地瞪圆了眼睛,他看看他奶奶,又看看我,我看见了他眼里闪出的泪光。我转过身子,偷偷擦了下眼睛。

第二天老人就执意出院了,她高兴地对我说,她儿子给她打来了电话,说正在康复中。她说她要去看他的儿子。那天天气很好,空气里飘满槐花和合欢甜甜的香气。

我不知道老人的儿子最后怎么样了,但是我坚信他的母亲已经用生命换回了他的重生。

信 任

阳光穿过的早晨

太阳睡眼惺忪刚从云堆里爬出来,菜市场已经是人声鼎沸了。

菜场门口有不少小摊,有卖果蔬的、日用品的。我的目光被一位老太吸引了——这是一位摆摊卖扫帚的。老太跟前放着一溜手工扎的芦花扫帚,看得出来,扎得很结实,卖得也很便宜,5块钱一把。

老太留着齐耳短发,头发花白,背有点佝偻,穿着倒是一点不寒酸,一看就不是穷困潦倒的老人,这样的老人怎么会出来卖扫帚呢?

买一把吧,很实用的。老太看见我在看她便热情地招呼。

哦,好吧。虽然可买可不买,为了能进一步和老太交流我还是买了一把。老太说卖了你这把我就收摊了。我说怎么你卖扫帚还有定额?

老太无奈地笑了,不是的,因为一会儿城管就上班了,他们不让摆摊,第一次我不知道还给充公了。老人边说边麻利地收拾起来。

我忍不住好奇地问,你家里很困难吗?怎么会想到出来卖扫帚?

老太说,不是。说完冲我笑笑走了。

第二天,我又看见了她,边上多了个小女孩,小女孩两三岁的样子,瘦瘦弱弱头发枯黄,明显营养不良。我不禁对老太有点看法,她自己气色挺好的,怎么把孩子弄成那样了。

您孙女吗?我故意问。

不是,是孩子的母亲托给她照看的。老太说,那天我上街,看见了一个年轻女人背着个孩子,女人和孩子看起来都很憔悴,女人拉住了我,说能不能帮个忙?我以为是要钱的,就掏了两块钱硬币。女人摆了摆手说能不能帮她照看几天孩子,孩子的腿有病,花好多钱还是没有好,她要回去筹钱。还对孩子说,妞,你求求这位好心的奶奶。孩子怯怯地叫了声奶奶。我看着她们太可怜就不忍心拒绝。女人说她一个星期最多半个月一定回来接孩子。我就给女人留下了电话号码以便联系。

我愣住了,不知道老人说的是真是假。

我说你家人同意吗?收留这个孩子。

老太叹了口气,可不是咋的,儿子对我意见可大了。他说我傻帽儿,让我赶紧把孩子送派出所。我哪能这样做啊,我答应过人家的,不能食言。儿子说我被骗了,他说那个女人要是真回去筹钱,干吗不带着孩子?很明显的漏洞嘛。我说女人也许有难处。儿子生气了,说我这是要害他,把这个孩子放家里他一辈子也甭想娶上媳妇儿。儿子当时就一摔门进了房间连饭也没吃。

我心想你儿子说得也有道理啊。但我换了个话题我问,你儿子平时对你好吗?

好,老太说,儿子很孝顺,他接我去城里,不但会买我喜欢吃的小吃,还经常陪我看电视聊天呢。

确实不错。

是啊。我不能害儿子,也不能不讲信用。于是我背着孩子回了太湖边的乡下。我安顿好孩子,就拿起大剪子去湖边的芦苇荡,以前我经常扎扫帚卖,生意挺不错的。我决定了,就算孩子的母亲不来,我也要把她养活。

我说你不恨人家骗了你吗?老太说,哪个母亲会不要自己的孩子啊?人家肯定有难处。她那么信任我,我哪能撒手不管啊。

看着老太一脸诚恳,我不禁肃然起敬。

我想了想说,您能告诉我您住哪儿吗?我有时间想过来看看。

老太说当然可以了。

一个星期后,老太看见我高兴地说,这社会还是好人多啊。

我也笑了,我说怎么会这样说?

这阵子不断有好心人汇款过来,老太说,明天我就不来摆摊了,我儿子也过来了,他说他接到了女人的电话,女人这两天就过来。儿子还说知道自己错了,决定和我一块送孩子治病去。

老太脸上洋溢着舒心的笑容,我被她深深地感染了。

其实那天和老太分手后,我还是不太相信,这世道骗人的把戏哪个看起来不像真的?根据老太提供的地址,我偷偷进行了实地察看,结果证实老太太所言不假,不禁为自己的狭隘愧疚,于是给老太太汇去了一笔钱,并在网上发了个贴——《爱心老太太无私收留病孩》。

阳光下的安琪儿

乔恩的同学病了，是很严重的病。

学校里组织了捐助。

乔恩当然也捐了，但是乔恩还想买一个礼物送给同学。

乔恩的爸爸妈妈是做生意的，他们当然有足够的钱。可是爸爸说，我们可以给你钱买礼物，但必须以我们的名义送给你的同学。

妈妈没吱声，显然，她和爸爸的意见高度一致。

算了算了，我只是想表达自己的一份爱心，还是我自己想办法吧。

乔恩噘着嘴。

乔恩想到了写稿，老师一直夸自己作文写得好，说不准投稿还真能发呢。

医院离乔恩家不远，乔恩一有时间就会去看望同学。

他们经常会玩一种叫作"看你说话"的游戏。

乔恩的耳朵在很小的时候就失聪了，现在用的是一种电子耳蜗，可是在植入电子耳蜗之前，她已经学会了根据说话人的口型进行交流的本领。

乔恩关掉电子耳蜗，看着坐在病床的同学口型：

你好，谢谢。

磨房磨墨,墨碎磨房一磨墨;梅香添煤,煤爆梅香两眉灰。

出南门,走六步,见着六叔和六舅,叫声六叔和六舅,借我六斗六升好绿豆;过了秋,打了豆,还我六叔六舅六十六斗六升好绿豆。

同学虽然很开心,可是因为身体的原因,不一会儿就累得靠在病床上打起瞌睡。

乔恩拿出笔记本,她在想自己写什么好呢?

她打量着病床上瘦瘦的同学,他可能是太虚弱了,窗外的太阳照进来,强烈的光打在他寡白的脸上,泛着微微的红。

乔恩赶紧拉上窗帘。

别拉,太阳光照在脸上真暖和。同学不知什么时候醒了,因为瘦,所以眼眶特别大,又因为有了短暂的睡眠,所以眼睛特别有神。

阳光重新照进来,打在乔恩的身上,她脸上的细小的毫毛显得明亮而温暖。

阳光下的你真漂亮,像个安琪儿。同学坐直了身子,笑呵呵地说。

我晕,你这个比喻一点儿也不像出自开明中学高才生之口。乔恩的脸微微有点发红。不过还是要感谢你,你让我有了灵感。

乔恩在笔记本上写下了《阳光下的安琪儿》这个题目。

父母都不在,同学低声对葛乔恩说:你知道我得的是什么病吗?

我……乔恩一下子愣住了,她不知道怎么回答这个问题。

很严重,我可能会挂掉。同学的声音更低,鬼鬼祟祟,好像电影里的坏蛋在密谋一件很恐怖的事情。

乔恩显然有些紧张,这正是同学想要的效果,他抬起手,夸张地模仿着电影里的造型:也许死后我会成为香港片里的僵尸,你怕不怕?

晕,有什么好怕的,到时我就做导演,你表演得不恐怖我还得扣你工资呢。乔恩撇撇嘴,有点不屑。

那好吧,你的笔记本留在这里,我今晚写个鬼片提纲,到时你来拍。

阳光穿过的早晨

同学呵呵地笑着说。

真没想到我这个同学胆子这么大,他竟然不怕死。

回到家,乔恩一边大口地吃饭一边跟妈妈讲述她去看望同学的经过。

你当初可比他差远了。妈妈摸摸她的头说,你当初耳朵失聪,可比你的这个同学让人烦心。

那时候想死的心都有了,乔恩偷偷地想,不过现在回过头来看那段岁月,反而有点感激上帝给过自己的苦难。

生命算什么,失聪又算什么,上帝只不过是安排你走一段很少有人走过的路。

乔恩的第一笔稿费终于收到了,她知道爸爸妈妈和别的人已经捐够了同学做手术的钱。

她用这笔稿费买了一盆水仙送给同学。

和煦的阳光照着水仙碧绿的叶子也把同学的脸照得格外生动。

乔恩看得呆了,情不自禁地说:你才是安琪儿啊,阳光下的安琪儿!

同学笑了。

一朵花儿的绽放

那株花在窗台上。离他大约有3米的距离。他靠在床头只要平视就能看见它。此时有一只小鸟停在窗台,朝里面探头探脑地张望。他不

敢动，怕一动小鸟就会飞走。

没多久，小鸟还是飞走了。他只能收回目光。伸手拿起一本书，床头有一摞书，是小学课本。这些书他已经背得滚瓜烂熟，不看也知道内容。

墙上的时钟"嘀嗒嘀嗒"，他仿佛看见时间正飞快地跑向他生命的尽头。他不是特别害怕，只是有点无聊。姐姐上学了，爸爸上班了，家里只剩下他。不，还有那株花。

那是一株月季。姐姐路过花木市场时发现了它。它被人遗弃了，姐姐捡回来种在一个白色的瓷盆里，细心地填土浇水。花儿枯黄萎靡，他觉得像极了他现在的样子。姐姐说，不怕，这株花一定会活得好好的，就像弟弟你。

经过姐姐的侍弄，花儿真的返青了，一天比一天有精神。他很开心，他问姐姐，这株花会开花吗？姐姐很有信心地点点头。当然，有了这株花的陪伴，他的心情好了许多，也多出了一丝期盼。

风从窗子里吹进来，花儿轻轻晃动。在一个枝丫间似乎鼓出了一个小小的绿色的花苞。他为他的发现而激动，他很想走过去，为它浇浇水，或者抚摸它一下。当然这是不可能的，现在他连坐着都很费劲，只能半躺着。

忽然，他看见有一片叶子出现了锯齿状。有虫子！他发出一声惊呼。

是虫子，一条绿色的长着小绒毛的虫子，它正快速地噬咬着花的叶子。他仿佛看到花皱起了眉头，发出细微的呻吟。他把书敲击出很响的声音，企图把虫子吓跑。显然没用，虫子根本无动于衷，继续贪婪地啃噬。一张叶子很快剩下了一小窄条。情急之中，他竟然扶着椅子站立起来，并用手搬动椅子，一点一点移过去……

窗户前有一张桌子，是他和姐姐写字用的。快够着了，他伸出手……失去了手的支撑，身子在顷刻间倾斜，椅子重重地砸在胸口……

阳光穿过的早晨

他醒来时在医院的重症监护室。医生护士不停地忙碌着,父亲和姐姐含着泪水。他故作轻松地笑笑,我真没用。姐姐搂住他,眼泪就像两汪清泉不住地往外涌。她说,好弟弟,你是最棒的,你一定会好起来。

是的,他很棒。他的成绩在班里数一数二,他短跑比赛得了第一名。可是这都过去了,留给他的回忆是美好的也是沉痛的。

这一切的转变只是因为他摔了一跤。

让他摔跤的罪魁祸首是一颗小石子。那颗小石子小得不能再小。他可以轻松地一脚把它踢上天,或者捡起来准确地砸中操场外面那颗大树上的鸟巢。所以当时他一点也没有担心,只要屈腿撑地,就可以直接从地上蹦起来。

他真的这样做了,可是这次没有成功,他的腿像两团棉花。他想也许腿有点痉挛,他用手捏了几下,重新屈腿撑地……一次,二次,三次……

他愤怒了,使劲捶打,他感觉到了痛,只是痛,痛证明这一切都是真的。他开始害怕,他的泪水涌出来。教室近在咫尺,现在他只能用目光接近。他大声呼救,老师打电话叫来了父亲,父亲赶紧送他上医院。

突发性重症肌无力,医生皱起了眉头。

父亲说:啥?是不是腿抽筋?

不是,是一种疾病,肌肉失去运动能力,直至肌肉萎缩完全瘫痪,目前尚无有效的治疗方法。

这个诊断无疑是晴天霹雳,父亲的身子摇晃了一下,泪水慢慢涌出来,喃喃地说:怎么会这样?他才十岁啊……

是啊,他只有十岁,十岁的他再也不能站起来。

他虚弱地闭上眼睛,又慢慢睁开,一滴泪从眼角滑落。他说姐姐,那株花上有一条虫子。姐姐说,没事,我一会儿就捉了它。他说,你马上去。姐姐说,好,我马上去。他试着伸出手,姐姐赶紧握住,弟弟的手凉得像冰块。

他说,姐姐,那株花长出花苞了……我好想看它开花。他的眼神充满期待,他苍白的脸现出一丝红晕,但那红晕转瞬即逝。

好弟弟,你等着,我去把花搬过来,你一定会看见花开的。

姐姐是跑着回家的。花儿枝丫间果然有个花苞,顶端红艳艳的,很快就会绽放。弟弟说的虫子早已不知去向。姐姐抱着花拼命往医院跑,一边跑一边喊,弟弟,花儿要开了。

阳光穿过的早晨

第四辑

兔子女孩

心　　崖

正午的阳光很毒,空气烫得让人窒息。

车子正飞快地行驶,司机是一个四十多岁的女人,皮肤不是很白,笑起来眼角游出像鱼尾巴样的皱纹,不算太长的头发很随意地挽在脑后。

强子看了看副驾驶座上的三癞子,三癞子靠着座椅脑袋随着车子的颠簸轻轻晃动,好像睡着了。强子疲惫地靠上后座,却发现女人透过后视镜冲他微笑,出于礼貌,他也勉强笑了一下。女人说,小伙子你有十八了吧?我儿子和你年龄差不多,在念高中呢,你和他长得很像。说完又看了强子几眼,眼里充满慈爱。那眼神让强子想起了母亲,他的心不禁抽搐了一下。

车子很快就来到了市郊,不知道是不是冷气太足的缘故,强子打了个冷战,心也不安地跳动起来。

女人很健谈,也许强子让她想起了儿子,也带给了她好心情。她说她儿子马上高二了,每个星期天都会打电话给她,让她注意身体,别太累了。女人说等儿子大学毕业有了工作就不打算再开黑出租车了,整天这样提心吊胆的也不是个事。就是开,也要办一套正式的出租手续,也可能会把车子租出去,自己就不开夜班了。女人憧憬着,话也就特别多,可强子有心事,自然也没有听进去几句,只是答非所问地应付着。

突然,女人的声音戛然而止,取而代之的是颤抖的声音,你,你要干什么?

原来女人腰里多了把明晃晃的刀子。

别叫,叫就扎死你!靠边停下。三癞子低沉地命令。

女人一张脸变得惨白,突如其来的变故把她吓蒙了,两片嘴唇抖得几乎合不到一块儿。

强子如梦初醒,三癞子竟然要劫车!

三癞子把女人逼下车,来到路边的小树林。小树林的前面是一个湖泊,湖水深邃幽静,发着蓝幽幽的光。强子的脊背爬过一层鸡皮疙瘩。

你放了她。强子颤声说。

放?你傻啊!这辆车一转手,你妈的医药费就不愁了。把她往湖里一扔,神不知鬼不觉,只有死人才能守住秘密!三赖子歪着嘴,额头上一条暗紫的伤疤"突突"地跳动。他正用绳子,麻利地把女人的手和脚反绑扎紧。女人努力扭转头看向强子,强子却不敢看她,低下了头。

强子还不记事的时候就没了爸爸,堂叔三癞子很喜欢他,但是妈妈坚决不让强子和三癞子亲近,也不让强子管他叫叔。还是很小的时候,强子吃了三癞子一颗糖,被妈妈狠狠揍了一顿。三癞子一直游手好闲不务正业,妈妈从来不给三癞子好脸色。妈妈说人活着要有骨气,要堂堂正正。

强子很争气,考上了重点高中。每个假期强子都会回家帮妈妈做事。这次回家他呆住了,妈妈憔悴枯黄就像随时会被风吹走的落叶。

妈妈病了,是可怕的肾病。通过配型,医生欣慰地对他说,很成功,亲子的肾更少排异反应,现在只要十五万,就可以手术了。

强子借遍亲朋好友,还差八万。就在他一筹莫展的时候,来了一个人,这个人就是三癞子。强子起先不愿意搭理他,三癞子说你妈病了,我心里比谁都急,我有办法弄到钱。

他心动了,他需要钱,钱可以救母亲的命。但是他没有想到三癞子是用这种方式弄钱。空气似乎凝固了,强子听到自己粗重的呼吸。

放——了——她!强子盯着三癞子一字一句说。

三癞子冷不丁被吓了一跳,一哆嗦,停下手里的动作。

你怕了?如果事情败露,我一个人顶着绝不会吐露你半个字。把这车子卖了,拿去救你妈。只要能救你妈,我三癞子这条烂命就值了。突然三癞子眼里闪出了泪花。看见这个疤了吗?这是你妈当年给我留下的,我对不住她……我不能眼睁睁看着她死啊……

可是,你想过没有?我们不愿意失去我娘,她的亲人同样不愿意失去她呀!你要是杀了她,我妈就算救活了也不会开心,我更不会开心。我们将成为一辈子的罪人啊三叔。强子"咚"地跪下了。

强子,你,你快起来,你一个读书人哪能给我这个烂人下跪啊!我,我听你的还不行吗……三癞子手忙脚乱慌慌解开女人身上的绳子。

女人却没有走,她拢了下凌乱的头发,无比坚定地说,我不走,我看出来了,你们本性不坏,只是遇上了难处,也许我能帮上你们。

一年后的傍晚,强子和三癞子再次来到湖边,风推波纹,湖面上就像铺了一层碎金。

夕阳下款款走着两个手挽手的女人,是强子的妈妈和那位女司机。

霜　白

夜深了,静穆的小村庄睡着了。屋顶的瓦楞湿漉漉的,在月华的辉映下泛出清洌洌的光。一只猫无声地跃上屋脊,脚一抖,一片小碎瓦顺

着瓦楞骨碌碌滚下,猫探头观望了一下,又抬头看了一眼空中的月亮,若无其事地走开了。

母亲被这细微的声响惊动了,她侧过头看看窗外,窗子蒙上了霜气,白茫茫的。母亲披了披肩头的棉被,发出一声轻轻的叹息。

深更半夜的,你不睡觉做啥?父亲翻了个身,咕哝一句。

母亲转过身,唉,我这睡不着的毛病越来越厉害了。

父亲看了看母亲,你就不能不瞎想啊?

母亲眼里汪出了泪,我耳边老响着三丫头的哭声,那丫头连口奶都没吃上。

别想了,都那么多年了……父亲也叹了口气,转过背去。

能不想吗?身上掉下的肉……当年都怪你……母亲转过身肩膀不停地耸动。

你怎么又哭上了?女人家家就是眼窝子浅。孩子指定比跟着我们过得好呢!父亲搂过母亲的肩。

母亲的肩膀耸动得更厉害了。

好好好,怪我还不行吗!你也不想想,我不也是没有办法吗?多个孩子多张嘴,你那时候也是饿得皮包骨的,哪来的奶水?

母亲垂下了眼睑。空气像缓缓流动的冰块,窗户上的霜气悄无声息地凝固成形状各异的霜花。远处的屋面上传来一声悠长的猫叫,像极了孩子的哭声。

母亲不禁哆嗦了一下。当年,三丫头也是在冬夜里降生的,尖细的哭声撕裂北风,扯下了漫天飞雪。那夜,干柴棒一样的母亲搂着干柴棒一样的新生儿缩在炕上。炕头两同样干柴棒一样的丫头睡梦里磨着牙说,娘,我饿。父亲背着手来回踱步,不停嘴地叹气,最后看着天外露出的鱼肚白,咬咬牙说,送人吧。母亲流着泪搂紧了孩子。父亲伸出手。母亲把脸贴着孩子,看了又看亲了又亲还是无奈地撒了手。

你……真的看见咱们丫头是被人抱走的？母亲试探着问。

都和你说几百遍了，我亲眼看见一个老太婆抱的，不看见我能离开？不说了，睡吧。父亲翻了个身，脸向里床。母亲也翻了个身，脸向外床。

惨白的月光似乎也有了满腹心事，透过窗子无声地照在母亲忧伤的脸上。母亲支棱起耳朵，但是除了风吹断枯枝轻微的咔嚓声，没有再听到半点声响。

母亲又翻了个身，犹豫了一下，还是伸出食指轻轻戳了戳父亲的后背。哎，和你说个事。

嗯？父亲用鼻音说。

刘嫂说……昨天她去顾家湾看见一个女娃子和我们家二丫头长得一模一样。

刘嫂的话也能信？这人像人多得是。父亲用后背说。

母亲看着父亲的后脑勺，可是刘婶说她私底下去打听了下，这丫头不是那家亲生的，是捡的。年纪也和我们三丫头同年。你说会不会……母亲小心翼翼地说。

我说你能不能别在这事情上纠缠啊？再说了，就算这丫头是咱家丫头，咱们有脸去认？

母亲不再作声只是不停流泪。夜静得出奇，父亲竟破天荒没有发出排山倒海的鼾声。

天蒙蒙亮，母亲看了眼熟睡的父亲，轻手轻脚起床，踏着白霜去了顾家湾。她躲在村口的一棵树后张望，小路静悄悄的，没有一点声息。

母亲静静地等待着，头巾上、眉毛上都落了一层白霜，但是她的眼睛却是闪亮闪亮的。突然，衣服被扯了一下，母亲回过头看见了父亲，父亲的头发、眉毛、胡子上都结满了白霜。

母亲的眼圈红了，我只是想看看她，她平平安安的我就放心了。父亲点点头，你先回吧。说完整了整衣襟，大踏步向村子走去。母亲看着

父亲的背影,抬手擦了擦眼睛,又眯起了眼睛。阳光不知道什么时候已经探出头来,在父亲的头上一闪一闪的,那些霜也悄然隐退了。

母亲咧一下嘴,一颗泪挂在了微翘的嘴角。

奶 油 草 莓

晚上独自一人在店里值班,外面有人问:"姑娘,要奶油草莓吗?"

"奶油草莓?"我还是第一次听说,不由得有些好奇。那人听我应,眼睛里立马闪耀出希望的光芒,"是呀,奶油草莓,味道很独特的,你看看。"

"算了,我不要买。"

"不买没关系,你看看,这草莓多漂亮!"卖草莓的不由分说抱着一只红色的盒子挤进店里(因为天气冷,店里的玻璃大门是虚掩的),走到我的面前,他的穿着很破烂,可能是为了御寒,腰里还系着一根绳子,那模样和花子没有两样。我不由自主地提高了警惕:"我说了不要的!"

"姑娘,这草莓真的好吃,要不你尝一个?"卖草莓的满脸堆笑。我飞快地看了一眼草莓,个儿是挺大,没见和别的草莓有啥区别。

"尝就免了,实话跟你说,我根本买不起你的草莓。"心想,你不会在草莓里下药吧?这世道小心为上。

"不会吧?你一店老板?"

"我想你搞错了,我是打工的,我要是老板,这大冷天的还守着店子?"

"哦!"卖草莓的明显有些失望。"你在店里卖药一定挣不少吧?"

"少得可怜,一月才 1000。"

"是不多,也不容易哈,这大冷天的。"卖草莓的唏嘘着,表现很真诚。我对他产生了一丝好感:"你是自个种的草莓吗?"

"嗯呢。"

"大棚?"

"嗯呢。"

"那浇水不是很辛苦吗?"

"不辛苦,我们用水管,需要浇水了,水龙头一开,像小喷泉一样自动浇灌。"

"哟!你们还挺先进!"

"那是,现在都讲究科学种值。"

"不过摘草莓还是人工的,很辛苦的。还有卖草莓,你看我现在还没有吃饭呢。姑娘你就买点吧,少买点。"我被他锲而不舍的精神打动了:

"多少钱一斤?"

"18 元。"

"我的天,那么贵?"

"不贵,这是新产品,吃着有奶油的味道,又甜又香。我的小苗都比别人贵 6 毛。"

"我是真买不起,不好意思呀。那么你一年可以挣好多呀?"

"不多,五六万吧。"

"不错了呀!"

"姑娘,实话告诉你,我以前不干这个。"

"那你干啥?"

"我以前是包小工程的,好不容易积蓄了三十几万,就在去年,因为金融危机,一下全栽进去了,真的像一场梦呀!我半辈子的心血呀!"

隐约有泪光闪现在那个男人眼里,"那时候,我真是死的念头都有了,可是,看着老婆、孩子,我死了,她们咋办?咬咬牙,借了钱南下,租地种大棚,现在挺过来了,日子又安稳了。还是活着好呀!活着就会有希望。现在想想幸亏没干傻事呀!"

"是呀,活着就有机会,死了就什么也没有了。"

"嗯呢,姑娘,你说得对!其实还是老婆孩子支撑着我,只要我还有一口气在,就不会让她们受苦。我该走了,打搅你了哈。"

"你等等,我买一斤。"

"好啊,我收你半价。"

"这怎么可以?"

"没事,今天我已经挣了不少了,再说我今天卖不掉隔夜了也卖不到好价钱了。"卖草莓的麻利地帮我挑着草莓。

看着这个瘦弱而坚强的男人,我不禁为他的韧性和责任感而感动,我想,他的家人因为有他,无论有怎样的变故,生活都会像一颗奶油草莓,红红的、甜甜的,有着奶油的味道。

地　气

他接到父亲电话,叫他务必赶回。

什么事这么急?要知道后天他就要走马上任当镇长了。虽然一个小乡镇的镇长算不得什么大官,可好歹也是个当家做主人啊!你看看那些往日不把他当回事的人,如今诌谀媚笑,镇长长镇长短,就差屁股后面长出尾巴了。想到那些人,他的鼻子忍不住抽冷气。不过话说回来,被人捧着的滋味确实够舒心。

爸,我过一阵回,这几天忙……

不行,今天再晚你必须回来!父亲的口气不容抗拒。

回到乡下已是黄昏时间。乡下变化很大,以前都是村里房屋的格式,都是粉墙黛瓦的平房,如今大都变成了气派的小楼,只有自家的三间平房还是安静地趴伏在那里。屋前的老榆树似乎也苍老了不少,它伸展着的枝丫在风中频频晃动。老榆树底下一块三尺来长的青石板泛着青幽幽柔和的光。他仿佛又看见了母亲弓着背,在青石板上搓洗一家子的脏衣服,那块青石板因为母亲的不断搓洗摩擦变得越来越光滑细腻。

每当盛夏的夜晚,他经常躺在青石板上纳凉看星星,母亲则在一边手摇蒲扇为他打扇驱蚊。

他很聪明也很用功,一路奋发,以优异的成绩考上大学,而母亲的腰却越来越佝偻,做木匠的父亲由于长年劳累,静脉曲张也越来越严重,他知道父母都是为了供他读书累的,他的心里不禁酸酸的,并暗暗发誓,一定要出息,让父母过上好日子。

大学毕业后,他在城里站稳了脚跟,因为踏实肯干,策划能力强,很快就脱颖而出,成为领导的得力干将。

再后来,他在城里买了房,娶了妻。他劝说年迈的父母也去城里,好让他随伺身边。话刚一出口,就遭到了父亲的反对。父亲说,我是一个农民,农民的根是土地。你小子要是还有良心,就别忘了常回来看看。他拗不过父亲,只能有空闲时回去,没空闲时打个电话问候一下。

一次带妻儿回乡下,三岁的儿子乐乐好奇地问爷爷,人家都是楼房,为什么爷爷家没有楼房。父亲笑着抱起孙子,平房好,平房啊,接地气,

阳光穿过的早晨

爷爷住着踏实。乐乐忽闪着眼睛问,爷爷,啥叫地气？父亲再次笑了,以后等你长大就懂啦！

其实他曾不止一次提起让父亲拆了老房子建小楼,父亲眼一瞪,钱多烧手？这房子挺好。

想起父亲,他只有苦笑的份。

儿啊,你回来啦！母亲瘦小的身影急急向他走来。你爸在屋里等你呢！

妈,到底什么事这么着急？

父亲端端正正坐在堂屋里吧嗒吧嗒抽旱烟,看见他,啪啪在脚底下磕着烟灰说,回来了？

嗯,爸啥事那么急？

父亲没说话而是指了指垂着门帘的厢房,那间房以前是他的卧室。

他满腹狐疑地撩开门帘,只见房里放着一只长五尺,宽三尺的木桶。这不是自己曾经用过很多年的澡盆吗？父亲葫芦里卖的什么药？

爸,有什么事,您就说吧。

洗澡。

洗澡？您那么急让我赶回来就是为了让我洗澡？他有点哭笑不得了。

怎么？让你洗澡错了？锅里你妈已经把水烧好了,自己弄去。

爸,淋浴房浴缸我家里都有,我天天都洗澡的,身上不脏。要是没别的事情,我就回了,事情挺多,过了这阵我专程回来。

说完转身往外。虽然耐着性子,语气免不了有些怨气,说实话他是真生气了,要是平常也就算了,这几天他很多事情要处理。为了赶回来,还推掉了重要的饭局。

你给我站住！父亲一声大喝,站了起来。今天这澡你非洗不可！说着父亲一瘸一拐走到锅边,把水舀进了边上的桶里。

爸,我自己来。

他知道父亲的倔脾气又上了,只能先顺着他。

水温刚好,袅袅热气伴着木质的特有的香味蒸腾进他每一个毛孔。舒坦啊! 他闭着眼睛沉醉了。一路的疲惫繁杂,多日来灌满脑子的阿谀奉承也被驱逐得无影无踪。

舒服吗?

外面传来父亲的问话。

舒服。

和你家里的高级货比呢?

这个……似乎更舒服。

你用的这个洗澡盆是我当年用杉树木制成的,杉树是好树呀! 扎根深,旁枝少,笔直向上。再来说说你泡澡的水,这水是我们院子里的老井里的水。你还记得吗? 那年大旱,所有井都干涸了,只有我们家的这口井每天都会冒出清清的井水来,硬是让全村人挨过了那个旱季。村人都说是因为老井接着地气,所以井水非但长年不干,还清澈甘甜……

爸,我明白了。

洗过澡的他精神饱满地站在父亲的面前,看到儿子清澈的眼神,父亲欣慰地点了点头。

此后,他的官越做越大,但是不管多忙他还是会抽空回乡下泡澡。直到退休,记者采访他的时候问,是什么力量让您一直保持清醒,终身廉洁自好呢? 他悠然答道,地气。地气? 记者一头雾水,他却笑了,如晚霞般绚烂。

第四辑 兔子女孩

兔子女孩

姐姐一天到晚背着弟弟玩。

弟弟调皮但是很喜欢姐姐。

弟弟大了就在姐姐背上待不住了,拉着姐姐去外面玩。

姐姐说弟弟你自己去吧,别跑远了,姐姐在门口看着你。

弟弟不依。

姐姐没办法只能牵着弟弟的手一起去了。

兔子兔子——小孩子们哄笑起来。

姐姐眼圈一红跑回了屋。

弟弟很生气,冲着小孩子们说,你们懂什么?我爸说了我姐姐是月宫里在桂花树下捣药的玉兔,因为熬夜打瞌睡不小心跌到地上来的。

说着追着姐姐回了屋。

姐姐,别怕。

姐姐没有怕,姐姐太丑了。

谁说的,姐姐一点儿也不丑。爸爸说了,等有钱了就帮你治,治好了姐姐就更漂亮了。

姐姐扑哧笑了。

姐姐,你真的是在月亮上打瞌睡时不小心掉下来的?

弟弟很天真地问。

也许不是。姐姐仔细地想了想,然后她很坚定地摇摇头。我可能在妈妈肚子里的时候就知道将来会有一个弟弟,所以我才来的。

姐姐好聪明呀,在肚子里就能知道将来会有我呢。

弟弟拍着小手高兴地说。

是呀是呀,因为你太调皮了,姐姐必须看着你。

姐姐也笑,下意识地用手捂住兔唇。

姐姐,你说你要是治好了,我会不会不认识你?

弟弟看看姐姐忽闪着大眼睛问。

当然不会,到那时我会朝你笑,我一笑,你准保能认出来。

姐姐很肯定地说。

姐姐,我想摸摸你的兔唇,我怕到时你朝我笑我也认不出来。

弟弟伸出脏兮兮的手。

好,摸吧,姐姐眯着眼伸长了脖子。

弟弟把手指在衣服上擦了擦,很小心地碰了碰姐姐的兔唇。

记住了吗?

记住了。

那时候我肯定会先朝你笑,你要是认不出来我才会说话。

我保证在你笑的时候就认出你来。

几天后,弟弟在河边玩耍时落水,姐姐不顾一切救起了他,但是自己却没有爬起来。

没有了姐姐的陪伴,弟弟好孤单啊!

那夜,一轮金黄的圆月安静地照着。

弟弟睁大了眼睛,可是他只看到月亮黄黄的模样。

姐姐又回到月亮里了吗?

姐姐又变回了兔子了吗?

揉揉眼睛,弟弟定定地仰望着。

他没看到月亮里三瓣嘴的兔子却看见了桂花树。

弟弟对着月亮说,姐姐,你还会打瞌睡吗?

生命的契机

大学毕业后,生活并没有特别地惠顾我,相反每天奔波于各个人才市场,却一直没有找到合意的工作。正在我万分沮丧的时候,我的奶奶也因病不幸去世了,我义乌的表姑姑带了我表哥回来奔丧。丧事办妥,表姑姑临走的时候问我有什么打算?我无奈地摇摇头。一旁的表哥说,要不然,你跟我们去义乌看看吧。表哥还说了一句极具诱惑力的话,他说没准你会在那里找到商机。

我怀揣着一份希望和侥幸真的去了。表哥带我参观了国贸小商品城,他说你到义乌不去小商品城等于没来这里。他还说小商品城的发起是因为鸡毛换购,你看这个门头的标识就是一根大大的鸡毛。我抬头望去,还真是呢!不过我看到"国贸"两字有点暗暗想笑,心想浙江人真实会忽悠人呀,一个小商品批发市场竟然冠上"国贸"?

到了里面我却被深深地震撼了——这里的小商品真的是应有尽有,只有你想不到,没有你找不到;来这里交易的商家确实来自世界各地,每家批发店都聘请了会讲一口流利英语的店员,所以在这里根本不存在语言沟通难的问题。

我一路走马观花看得眼花缭乱。突然,目光被一家饰品店吸引了,这是一家银饰品店,所陈列的银饰品做工相当细致,真是美轮美奂。一问价钱,便宜得惊人,当即在我心中跳出了一句欢呼:"就是它了!"但是我又犹豫了——虽然单品很便宜,但是批发起来也不是一笔小数目,此时我的口袋真的是囊中羞涩呀!

店主相当热情,给我开出了种种优惠,我把表哥拉到一边说出了我的窘境。表哥笑了,他说如果你有意开饰品店,我帮你。我吞吞吐吐地说开是想开,就是心里没底。表哥说你先少进点货回去卖卖试试。在表哥的帮助下我进了第一批货,回到家乡,寻思着还是先摆地摊试试,如果行就找家店面像像样样地开。

观前街的夜市相当繁华,可谓人流如织。我挑了个采光比较好的地段摆出了我进的银饰品,看着来来往往的人流我的心真的是十五个吊桶打水——七上八下,就怕没人理会。不过,幸运的是,没多久就吸引了几个爱美女性,她们将饰品托在手里左看右看爱不释手,我乘机进行了游说,结果第一天就卖掉了不少。

到第三天货品已经都所剩无几,这让我雀跃不已。迅速再次进货,并且马不停蹄地着手店面装潢。半个月后我的"一见钟情"银饰品店正式开张,表哥也特意从义乌赶来道贺。

一晃多年过去,我的银饰品店越来越红火,开出了5家分店。回想起自己穷途末路的时候,真的是百感交集,要是没有义乌表哥的帮忙,就不会有我的今天。一次酒酣耳热之后,我说出了我的感激之情,并把一个大大的红包塞进表哥手里。表哥说什么也不收,他说我其实是在帮自己呢?我不解。表哥乐了,他说宣传义乌是我们每个义乌人该做的事情啊!只有更多的商户加入,义乌的商贸才会越来越繁荣、越来越壮大呀!我这才恍然大悟——义乌的商贸之所以发展如此迅速,源自于每个

阳光穿过的早晨

义乌人都在自觉地维护和宣传义乌。其实义乌最珍贵的不是物质而是义乌人都有一颗善良豁达的心！

刷 卡 时 代

每当谢小兵走进办公室,我们眼前就会有非常耀眼的感觉。你看他头发金黄的,T恤粉红的,牛仔裤黑色的,皮鞋五彩的,晃着两条长腿仿佛随时都能蹦起来。

坐在他对面的杨阿姨是最看不惯他的,用她的原话说——这哪像公司职员,要不是口袋里揣着一张本科文凭,和街头小混混有啥两样！

对于自己的形象,谢小兵是相当满意的,时不时在可以反光的地方照一下,吹着口哨捋捋飘在额前的几绺长发。

还没到下班时间,他就打起了电话:喂,大嘴,今晚上怎么样？安排哪儿？小金龙酒家KTV,你小子在那办了VIP卡,不错不错,还有谁去？狗仔、猪头、细妹、咪咪,行我一准儿到。

杨阿姨听见了就取笑他,你小子像赶场子似的,累不累啊！再说了,你这么折腾还想不想攒钱娶媳妇了？

谢小兵一边噼里啪啦敲打着键盘,一边说:老杨同志,真的怀疑你是不是生长在蛮荒年代。钱是干什么的？钱就是用来花的。怎么开心怎么花。你看看人家外国人,今天花明天的钱,过得多滋润。

你就忽悠吧,今天还能花明天的钱?杨阿姨撇起了嘴巴。

老土了吧,你瞧瞧这。

谢小兵从口袋里掏出钱包,抖开。

杨阿姨嗤地笑了。就凭你空荡荡的钱包还想今天花明天的钱?

谢小兵钱包里只躺着一张可怜巴巴的百元大钞。

老杨同志,拜托你别一味向钱看好不好?你看看这一层层一张张,硬邦邦挺阔阔的是啥?

不就一些卡吗?

对头。我的老大姐啊,这卡就是钱。我就是靠了这些卡才能维持我阳光、健康、美满、幸福的型男生活的。谢小兵说着把卡一张张抽出来——健身卡、洗浴卡、美食卡、积分卡、购物卡、银行卡、借记卡、VIP卡。

你别小看这些卡,不但能刷卡消费还能打折,积分换购,比你掏现金划算多了。打个比方吧,咱们上饭店吃饭,你付现金花300,我用卡打八八折,不是省了好几十块?再加上持卡消费还免费送两瓶啤酒啥的。总之一句话花得越多越划算。所以啊,我们哥儿们之间都喜欢拼卡,今天拼你的,明天拼我的。您那,赶紧把现金换成卡吧!

杨阿姨听得一愣一愣的,想了半天还是摇了摇头,我还是感觉钱包里装着现金来得踏实。

唉,不和你掰胡了,思想落后观念老土,您那就当金钱的奴隶吧。

谢小兵鼠标一动又上了淘宝网。

杨阿姨你看,这件衣服怎么样?酷吧?还便宜,外面店里这衣服至少得500,网上380就搞定。

网上的东西,光能看又拿不下来。

啥拿不下来?明天这件衣服就到我手里了。我只要鼠标一点,就买下了。

怎么买？拿啥买？

卡呗，用卡就能在网上买衣服。不光是衣服，只要是网店有卖的都能买。怎么样，卡比钱好用吧？

杨阿姨摇着头说我感觉还是有点玄乎。

第二天，快递真的把衣服送了过来。杨阿姨说没见你付钱，衣服怎么就送过来了？

谢小兵笑得差点把刚喝下的咖啡喷了。

谁说我没给钱啊？昨天就给了，用卡。

杨阿姨挠着脑袋说："现在的道道真的搞不清了。"

你不接触，接触了就慢慢搞清了。这样，你在网店看有没有你喜欢的东西，喜欢我帮你买下来，按照网上的价钱你付给我就行。

真能这样？那我试试。

杨阿姨将信将疑地试着选了一个拖把，那个拖把杨阿姨在商店看过，标价198元，网上竟然只要98元。

很快东西就送来了，杨阿姨说真的只要给98元，谢小兵说当然是真的。杨阿姨掏了98元钱，心里乐开了花，看来这网上买东西还真的划算呀！

后来杨阿姨迷上了网购，经常让谢小兵帮着买。买多了摸出了门道，原来谢小兵那样热心是有目的的，用他的卡买东西，他的卡能积分，这积分能换成钱，过年还有奖励啥的。

凭啥便宜那小子。

于是，杨阿姨也自己办了卡，这下又方便又实惠。慢慢杨阿姨钱包里的卡越来越多了，打开钱包竟然和谢小兵一样插满了林林总总的卡。

一天，杨阿姨逛街突然内急，好不容易找到一家装潢豪华的公共卫生间，刚想进去被一位老婆婆挡在了门外。这里要收费，每次两块。杨阿姨习惯性地掏出一张银行卡：刷卡。老婆婆冲她直翻白眼，刷什么卡？你耳朵有问题？两块钱！杨阿姨赶紧翻钱包，一翻，傻眼了。钱包里全是卡,一张现金也没有。幸好边上一位来如厕的朋友救了她的急。

杨阿姨抹着一脑门子的汗轻声嘀咕:"看来这卡也有盲区啊!"

寻 找 伯 乐

我和安安是同事。安安的办公桌和我的办公桌靠在一起,两台电脑背靠背。

刚认识安安的时候我忍不住想笑,乍一看他也算得一个帅小伙,细高个,眼睛眯眯的似乎一天到晚都有开心事。但是一开口说话问题就来了,这么个大小伙说话竟然尖声细气的。最让我好笑的是,他干什么事情都喜欢跷着兰花指,后来我发现他走路的姿态也是扭扭捏捏的,整个一"娘娘腔"。

其实我们的工作并不忙,无非就是做做报表,打打资料啥的。所以多数时间比较空闲,空闲下来我除了打游戏聊天就是浏览求职网站。说实话我对眼前的工作太不满意了,整天做这些小事情能有什么前途?

我出生于穷山沟,穷山沟里除了山就是土,除了土还是山。爷爷奶奶在土坷垃里累弯了腰,最后又被土坷垃掩埋了。爸爸妈妈在土坷垃里也累弯了腰,最后当然也逃不开被土坷垃掩埋的命运。看着我的爷爷奶奶,看着我的爸爸妈妈,我对自己说我一定要走出去。于是我努力读书,从小学一年级开始一直跑在最前面。爸爸摸着我的大脑袋说,儿子,爸

阳光穿过的早晨

爸这辈子就指望你了。我点点头，爸爸，将来我一定让你和妈妈住进城里去。

我没有辜负爸爸的期望，我一路凯歌大学毕业。满怀信心地奔走在人才市场，虽然人才市场人满为患，但是我不怕，我是一本生，要不是急着找工作减轻父母的负担，我完全可以考研。但是生活并不是你想顺利就顺利的。应聘屡试屡败，在我口袋里只剩下5块钱的时候，终于进了这家公司。这家公司我当然不看好了，首先公司没有什么名气，再则我的工作没有什么发展前景。一分钱逼死英雄汉啊，先混饱肚子要紧。

我的不少同学都找到了理想的工作，那得感谢他们有殷实的家境和基石强硬的父亲。我啥也没有，但是我不相信永远不会有。

"嘎嘎"随着椅子的声响，埋头在电脑前的安安站了起来，他冲我笑笑拿起一大堆材料扭着身子出去了，也不知道他怎么就有那么多事情，出出进进的，似乎永远干不完。我曾经问过他，我说你在这干几年了？他说5年。我说你干着觉得有意思吗？他说有啊，这年头有份工作就不错了。我就没有再和他继续探讨了，对于这种胸无大志的人我是不屑深交的。

我继续在人才市场奔波，希望找到能识千里马的伯乐。很快我就辞职换了另一家公司。这家公司待遇优厚，他们的口号是：业绩就是生产力。于是我们每天都像上紧发条的陀螺，几乎没有自己的闲暇时间。我很满意，这才是我要的生活啊！在这个舞台我的聪明才智得到充分的发挥，业绩蒸蒸日上，业务经理也对我高看三分，就在我踌躇满志的时候，我病倒了——胃病发作，在医院躺了一个星期。手上打着点滴，眼睛望着病房雪白单调的天花板，我的脑袋也空白了。这就是我想要的生活吗？如果我真的倒下了，我的山里的父母怎么办？

病好后我毫不犹豫提出了辞职，虽然部门经理再三挽留，他说你现在走真的太可惜了，你很有潜力的。我笑笑说，身体才是革命的本钱。

由于先前的工作积累,我不太费劲又找到了一家名企,这里的同事举手投足间都透着一份优雅,我感觉好极了,为我的这次跳槽而庆幸。但是没多久,我发现了一个问题:表面平静的竞争更激烈、更剑拔弩张,同事们表面上和和气气的,那眼神冷得让人哆嗦,硬得像刀子,扎得人生疼。我不禁怀念起安安了,安安虽然娘娘腔,但是眼神是善意的,善意到不具备任何攻击力。他存在着又仿佛并不存在,和他在一起很安心。

在这家公司里,我不得不全天戒备,以防暗算。这样的日子我没熬多久就身心俱疲了,于是我不得不再次放弃,另觅新枝。

就在我东颠西跑为一份合适的工作疲于奔命的时候,安安给我打来了电话。

他说要请我吃饭。我很诧异,这不年不节的怎么想起请兄弟我吃饭啊?他说你来了我告诉你。

我应约而去,安安早在门口等候了。让我意外的是,他身边居然站着一位非常漂亮的女子,这女子我认识,就是我第一家公司老板的千金,其实我也曾经对她产生过想法,但是自己感觉配不上她,就不敢抱有幻想了。

安安见到我,赶紧迎上来和我握手,他说想请我去他的公司。

你公司?我有点怀疑自己耳朵出了问题,于是再问一遍:安安,你说让我去你公司?

没错。我们打算成立一家新公司,我看好你的能力,希望你能过来帮忙。不过不许动不动跳槽哦!安安说着跷着莲花指点了点我。

这回我一点也没有觉得安安的举止可笑,走上一步紧紧拥抱了他。

阳光穿过的早晨

第五辑

寂寞的向日葵

借　钱

牛家村是个穷山村,主要是交通不便,不好开发。可村里的娃子聪明着呢,这不,又有两个孩子考上了大学。按说这是件大喜事,可是村支书根叔却是愁眉不展。为啥?俩孩子一个叫菊花,一个叫石头。菊花爸爸死得早,撇下孤儿寡母,全靠菊花妈省吃俭用还有好心邻居帮忙,才勉强过日子。石头呢,家里也不咋的,虽说父母双全,可是妈妈身体不好,长年生病,家里一贫如洗。这样的家庭哪交得起孩子的学费!怎么办?不读,孩子就耽误了,读吧,钱哪里来?

根叔左思右想,一拍脑门,有了,牛大宝!他可是有钱的主,那小子脑子灵光,前几年去城里倒腾,也不知道咋地就发了,现在是小有名气的企业家了。可那小子不地道,根叔找过他,想让他给村里投点钱,帮着致富。他却苦着脸说自己是空架子,表面好看,内里空,心有余而力不足。明摆着是不愿意掏钱,没钱,能买别墅?没钱,能开宝马?良心给钱吃了,根叔在心里恨恨地骂着。跟他借,悬!可是除了他,还有谁呀?死马当他活马医,试试看吧!

第二天,根叔来到牛大宝公司,看门的不让进。根叔说我是你家牛总老乡,看门的说老乡也不行,牛总忙着呢。狗眼看人低,没办法,只有守株待兔了。一直等到天快擦黑儿的时候,才看见宝马车缓缓驶出,根

阳光穿过的早晨

叔拿出拦御告状的架势,挡住了车子。牛大宝徐徐降下车窗,车里还坐着个美艳的女子。

牛大宝说,哟!这不是根叔吗,啥事?

有喜事,咱村菊花和石头考上大学了,可是学费……

哦,这事呀,我爱莫能助了,这不我还赶着一个应酬,有时间再说。

牛大宝一脚油门开走了,根叔追着车子吃了一嘴灰。

根叔垂头丧气地刚想回家,一想,他说去应酬,一定是上饭店了,找找吧。大街上溜了一圈儿,嘿!还真被他找着了。金华酒店门口那辆宝马车不就是牛大宝的吗!根叔来精神了,跑到吧台,吧台小姐正在捣鼓电脑。

根叔赔着笑脸问,小姐,请问牛大宝牛总在这儿吗,我是他亲戚,找他有事。

哦,牛总在308旁间,要打电话吗?

不用了。

根叔开开心心走了。

牛大宝春风得意地搂着那个美艳女子出来时,车前靠着一个人,谁?村支书根叔,他正笑嘻嘻地瞅着牛大宝,手里拿着一个大信封。牛大宝一看不妙,把女人打发了,走到车前说,根叔您这是?呵呵!等你一宿了,走,上你家,有点东西给弟妹,好东西呀!根叔一脸坏笑。

牛大宝虽牛,却是出名的怕老婆。没钱的时候怕,现在有钱了看见老婆还是有点发憷,习惯成自然吧。心想这家伙也学会使坏了,我的那些花花草草事被老婆知道了还不扒了我的皮!多一事不如少一事,赶忙把根叔拉上车。

根叔您这是和我唱哪出呢?

根叔说没唱哪出,俩孩子读书急等钱,你不肯就只能跟弟妹借了。

谁说不肯了,这不我也紧张嘛!不过既然你根叔开口再难我也得帮呀,说吧,要多少?

不多,3万块够了,我给你打借条。

瞧你说的,打啥借条呀!

牛大宝小包一拉,取出三打百元大钞。根叔接过钱揣好,把早就写好的借条递给牛大宝。说声谢了,留下大信封下车走了。

牛大宝望着土根的背影恨得牙根痒痒,心叫一个疼呀!赶紧拆开大信封,气得直翻白眼,脸色白一阵红一阵。你猜里面是啥?里三层外三层的旧报纸包着一包土和一张纸,上面写着:树离不了根,人不可忘本。

冰　　糕

轻轻剥开一层漂亮的花纸,雪白雪白的冰糕就露出来了,用舌尖舔一下,冰冰的,滑滑的,那甜直往心窝子里钻。

小红经常会举着冰糕在我面前吃,她说要不要尝尝?我撇一下嘴,我不爱吃那东西。其实我太羡慕了,并且在心里无数次地想象,然后咕噜咕噜吞咽自己的口水。

因为爷爷突然去世,5岁的我被送到了外婆家。

当时我的三个舅舅和一个小姨都还没有成家,外公教书工资微薄,外婆家的生活也是捉襟见肘。外婆一边带我一边干些杂活贴补家用。外婆很忙,基本没有时间来抱我。我忍不住想我的爷爷,要是爷爷在世,

阳光穿过的早晨

说什么也会买一支冰糕给我吃的。

我偷偷抹泪,强烈的落差感让我失落,甚至有一种寄人篱下的感觉。在别人眼里我非常乖巧懂事,其实我是把自己封闭起来,郁郁寡欢。

怎样才能得到一支冰糕呢?我不停地想着一个个办法,甚至想好了怎么跟外婆说,可是看到外婆严肃的脸,我就放弃了。明的不行,来暗的。一个罪恶的计划在我小脑袋里酝酿。只等机会。

机会终于来了,外公出去了,外婆和我一起午睡。我闭起眼睛假装睡着,盼着外婆熟悉的鼾声响起。天真热啊!今天也许是夏天最热的一天。太阳火辣辣的,连云也不知道躲到哪里凉快去了。我感觉躺在一只热锅上,外面知了叫成一片,知了——知了——听着听着,我发现知了的叫声怎么那么像冰糕——冰糕——

外婆好像睡着了,鼾声均匀。我故意翻了个大大的身,外婆一点反应也没有。我暗自高兴,轻手轻脚爬起来,走到柜子前,我感觉心"嗵嗵""嗵嗵"跳得响得要命,比外婆的鼾声还响。我回过头望望外婆,外婆连睡姿也没有改变。我轻轻地拉开抽屉,尽量不让抽屉发出声音来。钱包,外婆的钱包就躺在抽屉里。我以最快的速度抽了一张。

到了外面,我把那张可爱的钱展开,可是那张钱好像对我一脸怒气的样子,那样子又幻化成外婆生气的脸。我慌了,停下了脚步。那是一张五元的纸币,我不知道五元钱可以买多少东西,不过我知道一定可以买到一支冰糕。于是我笑了,把钱紧紧地揣在手心。我不时回头,担心外婆会追出来,我飞快地跑起来。

街上有很多卖冰糕的,我在最近的一个摊上停下来。我望着那个漂亮的小木箱,却犹豫起来。小木箱被固定在自行车书包架子上,盖着小被子,小木箱里肯定躺满了一支支诱人的雪糕。

卖冰糕的冲我微笑,小朋友吃冰糕啊?我说我看看。买冰糕的马上显出一脸不耐烦,去去去,一边玩儿去,没钱看什么看。我的脸一阵阵发红,谁说我没钱了?喏,给你钱,我买一支冰糕。卖冰糕的接过那张被我揣的有点湿漉漉的钱,满脸诧异。小朋友,是你家大人让你买的吗?我顿时紧张起来,嘴巴里含混地说是。好在那人没再说什么,找出好多零钱找给我,当然也给了我一支冰糕。

我迫不及待剥去冰糕外面的纸,一口含进嘴里,那凉让我打了个激灵。我没有时间慢慢品尝,我要以最快的速度把冰糕融化进身体里,然后若无其事地回家,假装睡觉。

卖冰糕眼睛一眨不眨看着我,那眼神像两颗子弹击中我的脸。我的脸顿时火辣辣的,赶紧转身离开,钻进了离家不远的树丛。

冰糕很快在我嘴里融化,变成一根光秃秃的小木棍。我对着小木棍发呆,冰糕好像不是我想象得那样好吃。我开始后悔起来,我担心外婆知道了会把我送回家。送回家就意味着会被一个人关在屋子里——家里静悄悄的,只有几只老鼠在追来追去,还不是冲你挤眉弄眼,这对我来说太可怕了。

天色渐渐暗下来,我听见外婆在叫我,我不敢答应。四处好像都有狰狞的眼睛在看我,随时要把我吞噬掉。蚊子开始围着我飞舞,它们锲而不舍地把细细的嘴巴刺进我的皮肤。没多久,我的脸上、胳膊上、腿上全都是它们的战果。我开始哭起来。

外婆循着哭声找到了我。在看见我的一刹那一脸的焦虑化成释然,她一把抱起了我。泪水爬过外婆的脸,外婆说你这孩子,吓死外婆了。我也大声地哭了,原来外婆是爱我的。

事后,外婆并没有责罚我,但这件事深深刻进了我的心里,那种躲在阴暗处的惶恐和后悔至今难忘。

谁也包不了

店里空调制冷不良,老板叫来修空调的。

也许是冷冻液少了?

老板说。

嗯,是少了。

修理工麻利地加上冷冻液。一试还是老样子。

老板不乐意了,怎么还是老样子?

也许系统有问题。

修理工面带微笑,如果您要全面检查除了现在加液100块,还得再花400块。

你能包好吗?

这我可不包,谁也包不了,如果修不好,收您成本费200块。

你怎么能这样,修不好怎么可以收钱呢?

老板非常不满。

呵呵,你看现在有什么事情是包好的?您是上医院看病,医生没看好,您不是还得付钱?人家上你药店买药,好不好不是也得掏钱?律师打官司,不管打输打赢,当事人还不是要付钱?

……

修理工拿着100块微笑离开,像一个凯旋的将军。

蜥　　蜴

老王其实并不老,也就三十出头。不过他衣着简朴,再加上皮肤本来就黑,整天攒着个眉,确实有点老成样。我们办公室的那些年轻同事爱闹,就叫他"老王"。他倒也不介意,叫他他就"哎"一声。

一到周末,年轻人就兴奋。商量着哪哪哪玩儿,或者旅游,或者购物,或者OK厅飙歌。唯独老王一声不吭,有人拉他同去。他低着头说我就不去了,你们玩儿吧。

多次以后,同事们便不再叫他,彻底把他撇开了。

我有点纳闷,难道他那根年轻的神经真的提前衰老了?

要知道我这个人好奇心很重的,对于一些不可知的事物往往会诱发我浓厚的兴趣。

我不再和同事们出去玩闹,而是留在办公室做事情,或者上网。这样一来办公室就剩下了我和老王。我也不主动和老王搭讪,最多相视一笑。这样过了几天,老王先开口了。

小丁,你怎么也不出去玩儿了。

没意思,玩玩闹闹时间长了就腻烦了,还不如在办公室待着呢。

他笑了一下,继续做事。

我说你那么拼命,是想攒钱寄回老家吧?

他还是笑了下没回答我。

其实吧,做人真的不容易。我继续我的絮叨,就说我吧,读书时,父母要求一定要考出好成绩;上班了,努力工作,可是不称领导的意,变成牛也白搭。工作没起色,老婆就唠叨,说谁谁谁的老公挣了多少多少钱,唉,烦都被她烦死了。

老王还是没说话。

我走到老王身边拍一下他的肩说,哥儿们,我今天心里不痛快,咱哥儿俩去喝两杯,就咱俩,谁也不叫。

和我?算了吧。老王继续整理他的文件。我一把夺过来放在桌子上,什么算了,就这么定了。你就当做好事,当我的听众,不然我要憋死了。

就这样老王被我拉到了一个小酒馆。

兄弟,来,我先干为敬。说着一仰脖子我就灌下了一杯。

老王犹豫着说不大会喝酒。我说没事,喝酒就图个痛快。今儿个咱们不醉不归。我这样一说老王就有点不好意思了,也一口喝了。

我暗暗观察他的脸色,好家伙一点没变色,看来是深藏不露的高手。

那次我们喝得真的过瘾,不幸的是我啥也没有套出来,自己却醉了。

不过我和老王真的成了哥儿们,经常在一起喝酒。

谁也想不到,三个月后这位默默无闻的老兄竟然被领导提拔当了我们办公室主任。同事们反应很快,在惊诧之余都嚷嚷着替老王庆祝,老王还是拒绝了。

我接到了老王的短信:兄弟,喝酒去,老地方。

这是老王第一次主动约我喝酒,我想人逢喜事都是需要炫耀的,老王也不例外。

这回他喝得很畅快,我却喝得不得劲。

老王喝着喝着喝出了满脸泪。

他说小丁,我这才迈出了第一步啊……

有第一步就好,你会成功的。我拍了下他的肩膀说。

没多久我就想扇自己的乌鸦嘴。因为老王真的平步青云了,连连升级后成了我们的新局长。当了局长的老王阴着一张脸,不过他阴不阴脸和我关系不大了,我已经没有资格和他喝酒了。

再次接到老王的电话是五年后,他约我上他家喝酒。

他变白了,变胖了,还有了凸起的啤酒肚。

他的家很普通,并没有我想象的豪华。看来他的节俭已经成为习惯了。

墙角处一口漂亮的玻璃鱼缸吸引了我,里面竟然养着一条蜥蜴。蜥蜴有尺把长,浑身覆盖着细小的鳞片,正鼓着眼睛看我,不时伸一下褐色的舌头。

你怎么喜欢蜥蜴?

他没有回答我的问题,而是递给我一杯酒,是XO。他摇晃了下杯中晶莹的液体,他说兄弟,干。仰起头一饮而尽。

我毫不客气地掂起酒杯,正想干,却听到了老王深沉略带沙哑的嗓音——兄弟,其实我很羡慕你啊!

切,我这烂泥有啥好羡慕的?

我出身穷山沟,但是我打小就立志要当人上人。走上社会以后,我发现对于一个没有实力没有背景的人来说,想当人上人不是那么容易的事情。天无绝人之路,后来我发现官场中有一些很见不得人的潜规则,而领导都是比较喜欢管得住嘴又能干的人替自己做事。所以我尽量少说话多做事。被提拔后,我还是用这套方法。不负我望,我成功了,这么多年的苦我熬出了头。可是我却反而觉得越来越累了,真的太累了。权力,权力是毒瘾啊!

他看着鱼缸里的蜥蜴,像是对我说,又像在自言自语。

第二天,却传来了一个惊人的消息:老王涉嫌贪污受贿,上面已经开

始介入审查。再接下来的消息更让我瞠目结舌——老王在家里自杀了!

不知怎么我的脑海里出现了那条被老王豢养的蜥蜴,睁着鼓鼓的眼睛,不时吐一下舌头……我哆嗦了一下,全身爬满了鸡皮疙瘩。

花瓶中的玫瑰

她的目光无意中飘向桌上的玫瑰,玫瑰是戴维买来的,养了几天,花儿焉头焉脑地耷拉着脑袋,仿佛有着满腹心事。她叹了口气,百无聊赖地翻看着杂志,一则故事吸引了她——《孟小冬和梅兰芳的爱情》。

孟小冬和梅兰芳倾心相爱,却始终得不到真正的认可,最后不得不抱憾分手。她看着看着,泪水一滴滴滴落。

她原本是个心气很高的女孩子,是父母的掌上明珠、老师的骄傲。曾经,她信誓旦旦地对父母说,我会让你们为我自豪的。

两年前,她只身来到 S 城,没费多大劲就找着了工作,戴维就是他的上司。她聪慧美丽,凭着出色的才干很快脱颖而出,让戴维刮目相看。而戴维不但风度翩翩而且睿智果断。两个优秀的男女碰在一起要是不擦点火花出来那就是怪事了。可是戴维是有女朋友的,并且已经订婚。最重要的是,戴维未来老丈人是公司老总。

她的理智最终战胜了情感,毅然向戴维提出辞职。

辞职后,她离开 S 城。照理说这个故事也告一段落了。谁知道天意弄人,在另一个城市里一个产品研讨会上她和戴维再次相遇。久别重逢,说不出的感慨。两人都从对方的眼里看到了燃烧着的爱意。

事后,戴维为她买了一枚结婚钻戒,郑重地戴在她的无名指上。戴维说:其实在我心里你才是我的妻子。戴维目光温柔而多情,就像无数条柔软丝线捆住了她的心。戴维说:虽然我不能娶你,但我会一辈子爱你。她流着泪把头埋进戴维宽阔的怀抱。爱本来就是不可理喻的,谁让自己爱上他了呢。

戴维马上要结婚了,和他老总的女儿。戴维愧疚地说,这辈子我欠你,但是我会让你过上无忧无虑的日子。随着婚期临近,戴维越来越忙。

难道自己真的要这样过一辈子?做别人一辈子见不得光的情人?她目光迷茫地看着左手无名指上的钻戒。

电话响了,是父亲。

孩子你还好吗?怎么老不回家了?

爸,我很好。只是这阵子工作忙……很快,很快我就回家了。她的泪水再一次蔓延。

哦,你好好的,我和你妈就放心了。

电话里父亲的声音明显苍老了。她的心突然莫名地抽了一下。爸,我,我明天就回家。

拿出纸,留了张纸条:戴维,我回去几天。站起身,把衣物一件件装进行李箱。临出门不经意地转身看了一眼房间,房间一如既往充满了温馨,那束玫瑰却黯然而孤独地站在花瓶里,正可怜巴巴地看着她。她走过去把玫瑰从花瓶中拔出来,手一动,花瓣便一片片飘落了,转眼只剩下了光秃秃的花萼。她愣住了。

她把留下的纸条撕碎扔进垃圾桶,返过身在写字桌前坐定,重新拿出一张白纸上写下一行娟秀的文字:戴维,原谅我选择离开。我真的不

阳光穿过的早晨

想在花瓶里一天一天枯萎,哪怕花瓶再美。

她轻轻地脱下那枚沉甸甸泛着豪华光芒的戒指,压在那张纸上。

街 边 义 诊

藏书的街道不是特别繁华,也不至于太过冷清。天天老样子。今天好像有点异常,街边一溜排开一排桌子,桌子外一圈放着一排椅子,里一圈坐着一群白大褂。桌子上一人一个血压器。白大褂有男有女,就像一枝枝盛开的白莲笑容可掬。

大清早上街的多数是老人,他们和善地对白大褂们回以微笑,目光却掩饰不住有些疑惑。

白大褂站起来冲老人们点头致意,老人家早上好,请这边坐。

老人连连摆手说不坐了,我得买菜去。

白大褂说,不急,耽误你们一点点时间,我们是特意来免费为人民服务的,免费替你们量血压同时免费给你们健康指导,当然有病也可以治病。

都是免费的?老人们将信将疑。很显然这么多"免费"起作用了。

白大褂真诚地点点头,都免费。

老人们聚在一起交头接耳,免费的,不要钱,瞎看看吧。

一位老人坐了上去,白大褂麻利地帮老人绑上血压器,耳听目测,继而点头微笑,老人家你的血压很正常,脉搏也很好。不过你要注意饮食,尽量吃清淡点。

老人脸上露出笑容,笑容又慢慢收敛有些忐忑。

真不要钱?

不要钱。

老人霎时红光满面,笑容爬满脸颊,谢谢!谢谢!真是好人啊!

真的有不要钱的好事!旁观的老人都跃跃欲试了。又一位老人坐了上去。白大褂也仔细量了血压,眉头皱起来,你的血压很高呀。要吃药。

老人顿时紧张起来,那怎么办?要紧吗?

白大褂一脸严肃,当然严重了,患了高血压……白大褂顿了一下,眼睛盯着老人,老人也正盯着白大褂。

老人家,我可不是吓你,这病可危险了,轻者有可能中风瘫痪,重了嘛,危及生命。

老人的脸有点白,可是听说吃药会吃好的,那要花多少钱啊?

白大褂和蔼地拍拍老人的手背,你怕吃药有依赖性,这很正常,不过你可以选择别的办法啊,现在医学多先进啊,不吃药一样可以治好病。

老人巴巴地望着白大褂,仿佛那张嘴里能吐出治病的又不用花钱的药来。

真的吗?

白大褂说真的。这是最新研制的专治高血压的膏药,原价五百块十贴,考虑到你们都是老人,缺少经济来源,现在只要一百块。包贴包好,永除后患。

老人说真的管用?

白大褂说当然管用,不管用可以全额退款。我们一星期来这里义诊一次。我们会登记你们的姓名、住址,做全面的跟踪治疗。

老人似乎放心了,摸摸索索掏口袋,掏了一半又放进去。

真的管用？不会是骗人的吧？

瞧你这老人家，我们骗谁也不能骗老人家呀！这可都是为你们好。你不信，不勉强。

我信，看着你们也不像坏人。

老人赶紧掏出钱。

我们当然不是坏人了，帮你登记一下。

别的老人们见状，纷纷坐到桌子前。白大褂们忙碌起来，量血压，登记。大多数老人有高血压，都买了膏药。老人们一脸兴奋，想着讨厌的高血压从此不会再威胁到自己时，脸上都绽开了笑容。人越来越多，场面非常火爆，白大褂们更是满面春风。

不知道谁叫了一声，城管来了。好像变戏法一样，白大褂们在一眨眼间消失得无影无踪。老人们你看看我，我看看你，努力从对方眼里寻找答案，最终从别人的眼里看到了茫然的自己。

羡　慕

前阵子我感冒咳嗽还发烧，不得不去医院打吊针。

因为天气原因，感冒咳嗽的特别多，医院里已经人满为患了。

最后我被安排在离卫生间最近的503房间。

护士抱歉地说没办法，真没有床位了。

唉，凑合吧。

临床躺着一个相貌平平的女人也在打吊针。

说相貌平平还是客气的，按我的审美眼光应该说有点儿丑。

女人大脸盘，满脸雀斑，头发蓬乱，身材臃肿，穿着也是土得掉渣，最要命的是身上还隐隐有一股子怪味。

眼不见为净，我闭上眼睛。

你也打吊针啊？

女人用不标准的普通话跟我打招呼，嗓门就像砂轮打磨铁皮。

嗯。

我丝毫没有和她聊天的兴趣，因此简单回复了下，连眼皮也没有抬。

你打吊针怎么也没个人陪啊？

小毛病，不需要的。

说实话我心里真的有点烦她。

一个人哪成呢？我有点小毛小病都是我们那位陪着的。他去给我买梨了，说润肺。

女人还在喋喋不休。

这时候，一个男人走了进来。手里拎了个塑料袋，塑料袋里装了几个黄澄澄的梨子。

梨子我都洗干净了，给你削一个。

男人个子不大，黑乎乎的脸胡子拉碴的，一张嘴一股大葱味。

男人拿出一个梨。

好啊，削俩，给那位大姐一个。待会儿你帮她看着点，她没有陪护。

没想到女人那样热心，我不禁为刚才的怠慢态度有点儿不好意思。

不用了，我不爱吃梨。

我赶紧推辞。

男人手脚很快，一会儿就削好了一个，递给我。

别客气，我都洗过的，我的手刚才也洗干净了。

男人讪讪地说。

这下子我更不好意思了，只能接过来。

你们是外地的吧？在这边做什么工作？

我们是苏北的，来这里承包大棚种蔬菜。

男人一边说一边飞速地削好了第二个梨，还用刀子一片片片着，喂到女人嘴里。

哦，那一定很辛苦啊！

辛苦是肯定的，我没啥，就是苦了她。

男人心疼地看着女人。

我有什么好苦的，重活还不是都被你包了。

女人笑微微地看着男人。

我们就是那个受苦命，可比不上你们苏州人啊，你看你清清爽爽的，一看就是有钱人。

女人扭过头看向我，一脸羡慕。

有钱有什么用呢？

曾经我和老公也是患难过来的，那时候相互鼓励，一定要好好打拼，过上幸福日子。

如今，事业有成，不用再为钱犯愁，可是他成了大忙人，连一起说句话都成了奢侈的事情。

难道这就是当初追求的幸福生活吗？

当然，这些话我是不会说出来的。

我露出优雅的笑容，我说：开心就好，钱不是最重要的，你看你们现在不就很幸福嘛！

寂寞的向日葵

课休时间,同学们都在操场上玩闹,我没有出去,反正没有我,他们还是会玩得很开心。

一个人坐在静静的教室里,我突然有了想画画的冲动,环顾四周,确定没有人。拿出彩笔挑一支黄色的在白纸上认真地画了一个圆,配以花瓣,再用绿色的彩笔画上枝和叶子,两片叶子像手掌一样张开着,像在期待一个拥抱。

是的,这是一棵向日葵。我喜欢画向日葵,我感觉向日葵是灿烂的、快乐的。通常我会在向日葵的圆脸上画上弯弯的眼睛、弯弯的嘴巴,这样就成了一棵笑容满面的向日葵,它对着我笑,我也对着它笑。不过今天我没有在圆圈里画东西,于是向日葵没有了表情。就像现在的我。

我曾经就像一棵幸福的向日葵,圆圆的花盘里密密麻麻都是妈妈的爱。可不知道为什么,爸爸带着另一个女人回来,妈妈流着泪整理衣物离开了家。任凭我拽着妈妈的衣角哭喊,妈妈别走!以后宝儿一定乖!妈妈不要不理宝儿!呜呜……

妈妈在我的脸上亲了又亲,泪水滴到我的脸上,滴到我嘴巴里,咸咸的。妈妈说宝儿不哭,不是宝儿的错,是爸爸妈妈的错,妈妈会来看宝儿的!说完一步三回头地走了。

第五辑 寂寞的向日葵

从此我便陷入了寂寞,每当黑夜来临的时候,我都会好怕好怕。梦中,常常会哭着找妈妈。我不明白,爸爸妈妈错了为什么不可以改正,为什么妈妈非得离开我。

妈妈,你知道我有多想你吗?

我用红笔在向日葵上面画了一个很模糊的太阳,虽然模糊看起来还是很温暖。那是我远走他乡的妈妈,她还会在我的天空出现吗?我的眼泪忍不住簌簌而下。

奶奶让我管爸爸带来的女人叫妈妈,我疑惑了,人还会有两个妈妈?大人就是喜欢撒谎,她根本就不是我妈妈!我倔强地转过头去。

没多久新妈妈生了小妹妹,一家人都围着妹妹转,我好像成了透明的了,没有人会注意我,也没有人会在意我的感受。我就像童话里的灰姑娘,不对,我比灰姑娘强多了,灰姑娘没有妈妈,我有妈妈。

学校里,同学们没有以前那么友好了,看我的眼神也是怪怪的,对我爱理不理,还说我是没有妈妈的孩子。哼!我还不稀罕理你们呢!我有妈妈,我妈妈可漂亮了!我妈妈一定会来看我的!

妈妈真的来学校看我了,妈妈还是那样漂亮。妈妈的眼睛里满是泪水,妈妈张开双臂。那是我渴望的朝思暮想的怀抱呵!我不顾一切扑到妈妈怀里,我贪婪地呼吸着妈妈的气息,那气息化作暖流在我心底流淌,最后从眼睛里汹涌而出,湿了妈妈的衣襟。

妈妈,我好想你!

宝儿!妈妈也好想你!

妈妈抚摸着我湿漉漉的脸,把我湿漉漉乱糟糟的头发捋顺。

等你放假了,妈妈来接你,好吗?

嗯嗯!好!

我盼啊盼,掰着手指计算妈妈来接我的日子,想象着妈妈温暖的怀抱。我对同学们说,等放假了,妈妈就会来接我了!虽然同学们有的不以为然,有的甚至还撇撇嘴,可是我的嘴角不由自主地扬起,做梦也会笑,真的。

终于放假了,妈妈如约而来,那时候,天是那样蔚蓝,云是那样可爱,我变成了蝴蝶飞了起来。

跟着妈妈来到了陌生的新家,妈妈也生了个小弟弟,小弟弟倒是可爱,整天姐姐姐姐地跟着叫,可是那个新爸爸的脸色却像张飞一样难看,那眼光像刀子让我背上发麻,我感觉自己就像是他饭粒上的一只苍蝇。他用眼神告诉我,我在这个家里是多余的。

这回我没有让妈妈看到我流泪,虽然我在被窝里哭了一宿,我把苦涩的眼泪吞进肚子,收拾东西离开了那个家。

我把那幅画留给了妈妈:一棵没有表情的向日葵,向日葵的上面有一个模糊的太阳。

第六辑

阳光穿过的早晨

塌陷的天空

女人抱着一大堆食物进来的时候,她连身子也没有动一下,只从牙缝里蹦出一个冷冷的字——滚!

女人不由自主地哆嗦了一下,说,大姐我给你做饭。说着径自去了厨房。

她跳起来冲进厨房,擎起案板上的菜刀,指向女人,你,不要逼我!

女人悲凉地一笑,来吧。如果你的心里能够好受点儿。

她从女人悲凉的笑容里看到了暗藏的狡黠。

她冷冷一笑,别以为我会上你的当,我会留着命等,等你儿子从监狱里出来。

女人啪地跪下了。

大姐,我求求你,放过小东吧。孩子不懂事……他经不起失恋的打击,一时情绪失控……法院,法院也说了……是误杀……

你给我住嘴!你儿子那叫失恋吗?人家女孩子根本就没喜欢过他!

是,千错万错,是我的错,我太宠他,从小到大,他想要什么我就给什么,我才是罪魁祸首啊!大姐,大姐,我当你的使唤丫头,我伺候你一辈子……

我呸!我的儿子死了,你的儿子别想活!你给我滚,你给我滚啊!滚啊!

她的双眼喷出火焰,菜刀在她手中颤动不已,终于呼啸而出——

阳光穿过的早晨

"呼"砍了碗,"哗"砍了碟,"当"砍了水池,"噗"嵌进菜板,她拔了几次没拔出来,连刀带菜板一起砸向墙角……

女人哭着号,大姐,对不起,对不起啊!我们都是女人,我们都是孩子的妈妈,孩子没了,我们的天就塌了,塌了啊……女人的头砸向地面,一下又一下,女人的额头变红,变紫,渗出殷红的血……

女人的哭声就像无数把会游走的刀子窜进着她的耳膜,她头痛欲裂,她痛苦地用双手捂住耳朵……突然,声音戛然而止,她讶异地张大了嘴巴,没有任何声响,她看到女人杂乱的头发不断起伏,女人大张着嘴巴喷出唾沫流出口水,女人焦黄的脸上挂着两个硕大的眼袋……她揉了揉眼睛,她感觉眼前的女人其实就是她自己,她其实就是那个女人,她和女人重叠旋转,旋转重叠……她眼前一黑,陷入了无边的黑暗。

醒来时,她发现自己躺在床上,台灯发着幽幽的光,女人已不见踪影。

她支起身子,看见了儿子,儿子穿着蓝色T恤,乌黑的短发,白皙俊朗的脸,嘴角微微上翘露出洁白整齐的牙齿,儿子搂着她的肩,靠着她的头,她眯着眼,一脸的笑。

这张相片是儿子放暑假回学校前照的,儿子说妈咱们照个相。她说,妈老了,丑。儿子说,我妈才不丑呢,你瞧瞧你儿子,丑吗?她瞅一眼儿子,再瞅一眼儿子,笑了。儿子当然不丑,儿子已经长成英俊的小伙子了。那年,那个狠心的男人一纸离婚书,挽着另一个女人走了。儿子温热的小手牵住她,说,妈妈别怕,爸爸走了,还有我。她抱起儿子,把脸紧紧地贴在儿子的小脸上。儿子那时才六岁,六岁的儿子撑起了妈妈的天空。

儿子争气,一年一年拿回的奖状贴满了小屋的墙壁。儿子说,我一定要考大学!儿子没有说大话,真的拿回了大学录取通知书,他说他们学校就录取了两个人,他和小东。那时候她高兴地流泪了,老天还是公平的,给了她一个好儿子。这次暑假回来,儿子开心地告诉她,已经有企业和他挂钩了,再过一年妈妈就能享儿子的福了。

儿子,儿子,她伸手摸摸儿子的脸,好凉啊,你一定很冷是吧。她把相片搂在怀里,她发现自己已经不会流泪,她的眼睛彻底变成枯井。

儿子,妈妈会一直陪着你的。

她下床,幽魂一样往外走去。不远处是胥江河,小河在月光的映照下特别的恬静安详,墨绿色的水就像一张柔软的床。风吹过,水波儿摇啊摇,晃呀晃,多像儿子小时候躺过的小摇床……

你不能啊!

树丛的暗影中冲出一个女人,她一把抱住了即将飘进河里的人影。

你让我去,我死了,你儿子就安全了。她的双手因为抱着儿子的相片,只能扭动身子想挣脱女人的控制。

不,我就是怕你想不开,所以天天晚上看着你。大姐,我求求你,我求求你……女人的双手死死地抱住她。两个女人力量相当,几个回合后,她们同时倒地,倒地瞬间,女人执拗地紧紧抱住了她的双腿,她挣了几下,终没挣脱。

为什么会这样?为什么啊!她的泪再一次从眼眶蹦出……

走进大山的女孩

水车悠悠转动,扇页旋在水中,一波一波,柔柔地切割。

她伫立岸边,呆呆凝视,心却随着细密的涟漪散乱纠缠。

春天的时候,这位名叫林汐的女孩,满怀着憧憬和梦想,来到这个小山村支教。

三间旧瓦房,一个露天茅厕,歪脖树上吊着一口钟,二十多个孩子在房前的泥地里跑来跑去,这就是她第一眼看到的学校。

而她却喜欢上了这里——墨绿的群山怀抱中,溪流纵横,淙淙流淌的溪水,最后汇聚到一条小河里。清澈的河面上,一架水车咿呀咿呀,不疾不徐地转着。水车的背后,一轮夕阳泊在半空中,一动也不动,像睡着了一样。

她常常带孩子们到河边,教他们唱歌跳舞,教他们算术自然。那些孩子在她看来就像一棵棵生机勃勃的青玉米苗,他们睁着小麻雀样的黑眼睛,像看仙女一样看她,她很享受这种崇拜。

但这种热情却很快被现实的骨感所覆盖。且不说一日三餐的烦琐,露天茅厕的尴尬,单说这没有网络信号,就足以让一个来自都市的现代人心情郁结了。再加上一个星期才有一次的邮件往来,更让林汐如置世外,渐渐失去了许多好友的联系。

备课之余,夜深人静,孤独寂寞丝丝缕缕缠绕心头,挥之不去,斩之不断。当夏天越来越炽热的时候,她的烦躁也在不断地升温。

就在此时,男友来信:"林汐,疯够了吧?赶紧回来,工作已安排好。爱你的翔。"

她执信手中,泪悄然涌出。

那一夜,月光如水洒在柔软的草坪,她枕着男友的膝盖说,你会一直陪在我身边吗?

男友抚摸着她丝滑的秀发说,当然。

要是我想去山村支教呢?

男友捏了下她小巧的鼻子,尽说傻话,真不知道你的小脑袋怎么会有那么多稀奇古怪的念头。

她翻了个身,双手支住头,双腿弯曲翘起,我是说真的。你和我一起吗?她仰起脸看着他,星眸闪烁。

他的笑却一点一点僵硬,他说我们回家吧。

她还是去了,奔驰的火车上,她给男友留下短信:"我想去放飞梦想。"

昨天已经递上了辞职报告,今天是她为孩子们上的最后一堂课。

可是孩子们像约好了似的,一个也没有来。

她惆怅地看着斑驳的黑板、陈旧的桌椅,这里曾闪耀着一双双纯真的眼睛。

尽管条件艰苦,尽管工资微薄到只能买一些必要的生活品,尽管上课时挥汗如雨,但是那些求知似渴的眼睛让她一次次感动,一次次为自己的选择而骄傲。

但是她高估了自己,原来她骨子里是贪恋城市浮华的,她并不能融进这个小山村。既然不适应,又何必勉强自己呢?城市在等她,爱人在等她。

她飞快地收拾行装。她不想再给自己任何犹豫的机会,她要以最快的速度离开这里。

窗外突然传来窸窸窣窣的声音。

谁?她一惊,树影后依稀有人影攒动。

人影缩进树丛却传来隐忍的啜泣,杂乱而稚嫩。

同学们,快出来。她打开门,几十个小小的人影蜂拥而至,紧紧地围住了她。孩子们流着泪,小脸红红的全是汗,身上脏兮兮的活像一只只小泥猴,有的裤子上挂了几个洞,有的手背上还割了几道血口子。

老师,你要走吗?校长说你要走了。

老师,你是不是因为天太热了,才要离开?大头说他表姐也是城里人,城里人夏天都有风扇。老师我们也有钱,我们也能给你买风扇。你看。

孩子们张开小手,每个孩子手心里都攥着几张湿漉漉的纸币。

老师,我们今天去摘山核桃了,如果钱不够,我们再去摘,老师你能

阳光穿过的早晨

等几天吗？呜呜……

傻孩子，老师不走。以后别去摘核桃了，你们才是老师心里最清凉的风扇。她张开双臂把孩子们紧紧地揽在怀中。

孩子们笑了，她也笑了，脸上淌满了泪。

男友再次来信。她回信，孩子们需要我。

寻　梦

为了寻找我的梦，我不顾一切地出发了。

一路跋涉，终于到达了我梦寐以求的地方。那里有蓝色的一望无际的大海，那是我从来没有见过的蓝色，我跑去海滩，任海浪一波一波地爬上我的脚踝，我尽情呼吸着独有的咸涩的空气，闭上眼睛张开双臂对着大海喊，大海我爱你！

大海不远处是延绵的大山，大山脚下散落着一户户村居宅院。一条机耕路弯弯曲曲通向小村庄。我怀着好奇的心情，向小村庄走去。

机耕路边上刨整得整整齐齐的地里种着我叫不出名的蔬菜瓜果，有一种绿色蔬菜很像我们这边的长豆，但是它们没有叶子，只有茎，浑身长满密密麻麻的豆荚，我看看四周无人，忍不住好奇，摘下一个，呀，里面果然是豆子，还比我们这边的大。这里简直是人间仙境呀！我为我这次梦想之旅雀跃不已。冷不丁我在地上发现几颗硕大无比的大枣，抬头望，原来边上是一溜高高的枣树,结满了沉甸甸的大枣。早就听说这里的大枣有名,我想这大枣一定很甜。

继续前行,看见一些妇女在地里劳作,她们精神都很好,脸色红润。一定是这里的空气好的缘故,放眼望去,没有讨厌的大烟囱,说明这里没有污染环境的工厂。

突然,我惊讶地看见了一个熟悉的身影,她不是我们村失踪了18年的小雅阿姨吗?那精致的脸,那大大的眼睛,那笑起来微微上翘的嘴巴,只是比先前老了许多。难到世上竟有如此相像之人?

小雅阿姨。我试探着叫。她抬起头眼里满是陌生和惊讶,她说你是谁?我说我是月月啊,你是不是有个女儿叫琴儿,我就是小时候一直和琴儿玩的月月啊。她脸上漾开了笑意,眼里却盈满了泪水,她左右看看,轻声说,别说了,我们回家。

真的是小雅阿姨。18年前,村里最漂亮的女人卢小雅。

我从小就喜欢去小雅阿姨家玩,不仅仅是因为我和琴儿要好,我还喜欢看影星一样的小雅阿姨,她身材窈窕,唇红齿白,一笑俩酒窝儿。可是我老感觉她的眼睛里有一种深邃,看也看不到底,似乎有藏着渴望又似乎藏着失落。反正和一般的人不一样。小雅阿姨是高中生,考上了大学,可是她父母硬是没有让她念,说女孩子迟早要嫁人,念那么多书干吗。我很替她可惜,总感觉她是一只凤凰,只是少了起飞的机会。但她还是飞走了,飞得悄无声息。她的离奇失踪成了村子里无人能解的谜。

我跟着小雅阿姨来到她的家,家里设施一应俱全,还办了个小型工厂,是拼装配件的那种。电脑前坐着一位帅气的男孩,他站起来微笑着和我打招呼。他是小雅阿姨的儿子,17岁了。

小雅阿姨领我走进一间屋子,给我倒了一杯茶,我啜一口,清香无比。我不禁感叹,只有在这样好的环境才会有这样清纯的好茶。小雅阿姨问,月月你怎么会来这里?我说我为了寻梦。

阳光穿过的早晨

寻梦？小雅阿姨长叹一声幽幽地说，当初我也是为了寻梦啊。一个有海有山的地方一直是我的梦想，那是怎样的诱惑啊！它让我日夜憧憬，近乎痴狂。

小雅阿姨，你终于实现了你的梦想，好羡慕你。我的羡慕是发自内心的。小雅阿姨却似乎不愿意在这个话题上继续，她问，琴儿好吗？一定和你一样长成大姑娘了吧？我说，嗯，琴儿可漂亮了，和阿姨你长得一样一样的。

我对不起她。我无时无刻不在想着她呀。小雅阿姨流下了泪。

想她，你就回去啊。

回不去了。我已经不能离开这里，更何况我也没脸见她。当年我一心想寻找自己的梦想，我太自私了。其实……有时候以为得到了自己想要的，却失去了真正珍贵的。

我怔怔地看着眼前这位伤心的母亲，不禁也流下了泪。

当天下午再次看了一眼延绵苍翠的大山，深蓝深蓝的大海，我深吸了一口气，毫不犹豫地向家的方向走去。

拔 掉 钉 子

老子偏不信这个邪！看你龟儿子连老子一块儿推了！

胡铁牛看着外面突突疯狂的推土机，呲溜吞下一口酒，朝嘴里扔进几颗花生米,鼓着腮帮子嚼得咯嘣响。

天有点儿黑了,胡铁牛习惯性一摁墙上的开关,没有反应,看一下总电路,好好的。妈的!真够狠的!他知道电给断了。胡铁牛找出早就准备好的一支蜡烛点上,人影就在墙上摇晃起来。

今天一早,突突的机器轰鸣声又把他吵醒了。其实自从拆迁以来,他就没睡个好觉。简单吃过早饭,他靠在门框上看不远处推土机疯狂地将四周夷为平地;几台挖土机像灵巧的大手一下一下挖着,地皮都微微的颤动。胡铁牛想也许地皮也有痛感神经,没准还能流出血来,要是真流血了,我看他们还敢不敢胡乱拆人家房子。胡铁牛把一个烟蒂向挖土机方向扔去,烟蒂轻飘飘被风一吹有气无力歪歪扭扭地落在地上,冒了几丝烟气就熄灭了。

远处,一胖一瘦两个人影晃来。那个迈大象步的胖子,不用猜就是苟支书;那个走路像袋鼠跳的瘦子,不知又是哪路神仙。

铁牛啊,苟支书笑着招呼。你看贾总亲自来了。还不快请贾总到屋里坐。

胡铁牛冷冷地说,问问我娘,欢不欢迎?

苟支书尴尬地看一眼瘦子,忙对胡铁牛说,你看你,咋又提你娘。

我娘,胡铁牛腾地站起来,指着那几台轰鸣的推土机,我娘是被它们活活吓死的,你还不许我提?

瘦子这时扯了扯苟支书的袖子,用鼓鼓的公文包碰了碰他。苟支书突然就笑了,递上一根烟。铁牛兄弟,人死不能复生,你娘过世,我们同样心痛啊。你看,我今天是陪贾总来真心谈判的,好商量好商量,贾总考虑到你家的特殊情况,答应多给些补偿。

别他娘的假惺惺。除非你让我娘活过来,否则就算你们嘴里吐出莲花来,老子也不拆。

你!你真要当钉子?胡铁牛,你胳膊还能拧过大腿去?告诉你,现

阳光穿过的早晨

114

在我们是来动员你拆迁,主动权在你手里,你不识趣,到时候,可不是你说了算了。

胡铁牛的头发根根直竖,眼里血丝聚集。你们给我滚!谈判僵止,两个人灰着脸走了。

胡铁牛闭上疲惫的眼睛,靠在椅背上,仿佛又看见了娘。

前几天,胡铁牛的老娘看见推土机进村要推房子,一害怕,摔了一跤,突发了脑溢血。

娘在弥留之际抓住他的手喃喃道,儿啊,莫让他们毁了咱家啊,祖上的先人还要回来……铁牛咬着牙一字一句说:娘,你放心,谁也动不了咱家的房子。娘含恨走了,娘的死就像一枚钉子狠狠地扎在了胡铁牛心上。

吃罢晚饭,胡铁牛站在阳台上往外看,以前热闹的村子如今黑乎乎的都是残垣断壁,边上简陋的工棚里亮着鬼火似的灯。胡铁牛心里不禁涌起一股子酸涩,田地毁了,邻居散了。现在想想邻里间就算有时候脾气上来,吵个架拌个嘴也有村里的气息呀!儿子三伢子和王五马六一块上访去了,不知道结果如何。想到这里,胡铁牛的眼眶突然湿湿的,他抹了把脸,暗暗骂了声。

嘭嘭嘭,大门急促地响起。谁啊?胡铁牛警惕地问。嘭嘭嘭,大门再次急促地响起。胡铁牛的火上来了,白天不消停,晚上也不让人消停了?我倒要看看你们还能敢把我胡铁牛吃了不成。

拉开门,还没看清外面一溜儿黑影,拳头就雨点般飞了过来。转眼他就失去了知觉。

醒来时,胡铁牛发现自己在医院里,媳妇在边上不停地抹泪。号什么号?老子还没死呢!

胡铁牛想直起身子,疼得龇牙咧嘴。胡铁牛这才知道自己断了一根肋骨。老婆说她是被一个陌生电话催回来的,连夜将他送进医院,总算捡回一条命。胡铁牛身子不能动,脑子飞快地转动。按理说自己虽然脾气坏点儿也没有和谁结仇啊。十有八九是施工方干的!媳妇说就算他们干的,咱们没有证据啊。

铁牛啊,我来看看你。你是怎么搞的,和谁结仇了?苟支书背着手走了进来。胡铁牛没吭声,狠狠刮了他一眼,转过了头。

铁牛兄弟,你就别使性子了。你自己也不想想,别人都搬了,剩下你一家,这安全工作确实不好做,我看以后的麻烦事还会更多。你说村里那么多事也不能老为你一家人服务吧?你自己考虑一下吧。

苟支书走了,撂下的话就像一瓢凉水浇在了胡铁牛心里,他不禁打了一个冷战。

房子是祖上留下的,才翻建了三年,去年搞了装修。刚装修完时,他嗅着油漆味对老婆说,香!真香!瞧瞧咱这房子,不比城里的宾馆差!老娘更是咧着没牙的嘴巴直乐。才没乐多久啊……老娘走了,老娘走时满脸是泪啊。胡铁牛忍不住失声痛哭,娘啊,儿该怎么办?

是夜,门外突然灯火通明,几十台推土机突突地从四周开来,胡铁牛看见苟支书坐在领头的推土机上,俨然像个将军,大有把他家踏平之势……啊!强盗,强盗,他拼命呼喊……

铁牛,铁牛,你快醒醒!胡铁牛一激灵睁开了眼睛,原来他还在医院里,刚才做了个噩梦。阳光透过窗子射了进来,亮晃晃的。

铁牛,你可醒了!告诉你个好消息!媳妇惊喜地说,三伢子他们上访成功了,支书勾结房产商非法拆迁,被抓起来啦。

"啥?"胡铁牛使劲摇了摇头,仍感到在梦中。

阳光穿过的早晨

阳光穿过的早晨

每天早上六点,小贩的叫卖声准时在村里的小路上响起,然后是电瓶车驶过吱吱的声音。而小贩第一个看见的总是一位老太太。她坐在路边的一棵老槐树下面,背靠着老槐树,有时伸长了脖子在望,有时眯缝着眼睛,头一上一下地打盹,身边斜着一根和她一样乌漆抹黑的拐杖,一条毛快掉光的老黑狗不离左右。

听到叫卖声老太太的眼睛陡然睁开了。

小贩停下车,跳下来,麻利地用塑料袋装了几张粉皮顺便扯了几根咸菜递给老太太。老太太颤巍巍双手接过,又从脏兮兮的围兜里摸出一块钱。小贩说,您怎么天天吃粉皮啊?老太太羞涩地笑了,露出空洞的嘴,好人啊,我不吃这个还能吃什么呢,别的嚼不动了,你看看,牙都掉完了……哦,小贩还没有听完老人的话就发动了电瓶车继续他的生意去了。

老太太拿着粉皮不急着回家。看见村里人路过就打招呼,村里人都回一句,早,你怎么不多躺会儿啊?她就絮絮叨叨地说,老了,躺不住,多年养成了起早的习惯,想睡也睡不着了……没等她说完,村里人已经走远了。

都忙,都忙,以前我也忙啊,黑子,现在只有你肯听我说说话了。老太太伸手亲昵地拍拍黑狗的头,黑狗也亲昵地舔舔老太太的手。

老太太耳朵不背,眼睛也很好。年轻时绣花是村里一只鼎,村里的女人都喜欢上她家学绣花。可是五年前老太太两只手开始发抖,后来越来越厉害,根本不能绣花了。老太太心里那个急啊,越急越坏事,去年又在台阶上摔了一跤,摔坏了股骨头。

忽然,黑狗站起来耷拉着耳朵一蹿一跳使劲晃尾巴,嘴里发出呜呜的声音。

妈,你怎么又一大早地坐在路边了,还不快回屋里。原来是儿子骑着车急吼吼地跑过,一边骑,一边嘴里啃着一个馒头。

别骑太快,路上……还没等老太太说完儿子已经没影儿了。

都忙,都忙。老太太摇着头,目光茫然地看着儿子消失的方向。黑狗折回老太太身边,头左左右右地四下张望,伸出舌头快速地舔了几下鼻子。

突然,它又蹿了起来,这回不光摇尾巴,还一溜小跑,迎来了一个十来岁的男孩。

奶奶,你怎么又出来了,外面冷,快回屋。男孩背着鼓鼓囊囊的书包一边走一边吸着一罐牛奶。

团团,路上小心点,慢着点儿。

知道了。你怎么又叫我团团,我长大了,以后叫我名字乔羽辉。男孩脸对着老太太倒退着走了几步一转身抬腿踢飞了一颗小石子。

哦——长大了,都长大了。老太太眯着眼睛,目光尽量拉长黏着孩子的背影。

黑狗追了男孩一段路又返回到老太太身边,老太太收回目光,继续和黑狗说话。说什么,也许只有黑狗能听懂。村里人一个个从眼前走过,老太太不时地打招呼。有人礼貌地回一句,有人不回急匆匆走过了。

没多久,路上一个人也没有了,整个村庄显得格外安静,只有树丛中的鸟儿在叽叽喳喳。不时有一只或者几只腾地飞向天空,老太太靠在老槐树上,歪着头,眼睛顺着鸟看向天空,天空飘着棉花絮一样的白云,老太

阳光穿过的早晨

太嘴里轻轻嘀咕,还是鸟儿好啊,叽叽喳喳多热闹,想飞哪儿就飞哪儿。老太太看累了,又闭上眼睛打盹,她梦见年轻的自己,年幼的儿子,儿子快速地扒着一碗饭。儿子说,妈妈,你烧得咸菜粉皮真好吃。好吃就多吃点儿,多吃点儿长得快。老太太在梦里说,说着还吧唧了一下嘴,手里的粉皮滑落在地。黑狗抬头看了她一下,没发现什么异样,也蜷缩成一团开始睡觉。

老太太继续着梦境,梦很甜,她梦见自己的手和腿都好了,正娴熟地绣着花,绣的是她最拿手的富贵牡丹。儿子看着她笑,孙子围着她跑,还有好多好多鸟儿,飞啊飞啊……哦,她的黑狗也长上了翅膀。

阳光调皮地透过老槐树树冠的缝隙悄悄溜下来,变幻成无数片金叶子在老太太的头发上、脸上、衣服上跳跃……老太太霎时变得金光灿灿起来。

云　儿

几阵秋雨过后,空气里透出丝丝凉意。

天空变得出奇的蓝,那是一种浸染生命的纯净之色。而云是耀眼的白。在蓝的背景衬托下格外迷人,它们形状各异,似丝、似锦、似棉、似絮。

我躺在湖边的草地上,对着天空发呆。那里才是真正一尘不染的世界啊。如果腋下可以生出双翅我想我会毫不犹豫地飞上天空,投进云彩的怀抱,当然这样的想法是不可能实现的。突然又有了另一种冲动,支起画板画下这美丽的景致。可是刚刚坐起又颓然了,恼恨手指的笨拙,不禁羡慕画家的灵慧起来。

　　小时候的我常常躺在草地上,对蓝天白云充满了想象,想象那些云一定是九天织女晒在天上的棉,说不准哪朵云彩里躺着一个神仙。于是忍不住久久凝视,虽然我终未能看见神仙,却一直对自己的猜测深信无疑。

　　就在我对着云想入非非的时候,我看见了她。一个穿着白色衣裙的女孩,她不知道是什么时候来的。她正站在离我几米远的地方。她长发飘飘,她的侧面精致柔和,她的睫毛向上卷曲成美丽的弧形,她的唇是淡然的粉色。

　　她会不会是云端下来的仙女呢?我躺着不敢动,怕惊扰了她。

　　她似乎发现了有人在看她,她转过头来。天哪!我从来没有见过如此秀美的女子,她不施粉黛却美到极致。我顿时像被人施了定身法一样,我不知道我的口水有没有流出来。也许我的傻样把她逗乐了,她竟然"扑哧"笑了,雪白的脸颊现出一丝红晕。

　　后来我就更喜欢来这里了,希望再次可以碰上她。可是却一直没有,我不禁失落起来。

　　就在我以为再也不会见到她的时候,却再一次看见了她。

　　我去医院看望一位患病的朋友。正是九月。医院院子里的桂花树花开正旺。金黄色细密的小花缀满枝丫,发出阵阵幽香,小鸟跳跃在树枝之间,叽叽喳喳。我看见了她,依然一袭白色衣裙,她蹲在地上,不知道在干什么。我走过去,原来她在捡一些小石子。这次我一定不能失去认识她的机会了。

　　我按捺住心跳,尽量让语气平和:"你好,还记得我吗?"她抬起头,长长的睫毛忽闪忽闪,她看了会我,微笑着点头。我说:"你在干什么呢?"她说:"我在帮小蚂蚁清除路障呢,你看它们搬东西好辛苦呢。"随着她手指的方向,果然有一队小蚂蚁在忙碌。

阳光穿过的早晨

"这些蚂蚁真可爱！"她继续说，"它们虽然小却对生命充满了热爱。"我刚要说什么，"云儿，云儿。"一个中年妇女一边呼唤一边向这边走来。她站起身，把小石子扔在一边，说："我妈在叫我了，再见。"我又看见了她迷人的笑。她像一朵云飘走了。

她怎么会在医院里呢？难道她病了？我尾随其后，看见她进了302病房。我去护士室，护士们正在忙碌。我不好意思打搅就先去了我朋友那里。朋友的病房在另一栋楼。等我从朋友那里出来，就直奔302。

我不想否认我现在对那个女孩子的担心正在越来越加剧，甚至有了莫名的恐慌。我在门上的玻璃窗张望，里面竟然一个人也没有，床上雪白的被子折叠得整整齐齐。我跑去护士室，请问302的病人去哪儿了？我发现我有点语无伦次了。护士说："她转院了，其实啊，她的病去哪里都是一个样，唉……"我的泪忍不住流出来，我不敢再问下去。

我来到湖边，天还是那样蓝，云还是那样白。我对着白云轻声呼唤："云儿，云儿。"

恍惚间，我仿佛又看见了那个穿着白色衣裙的女孩。

找我什么事

下班回家，拿出一嘟噜钥匙想开门，被郝大妈叫住了。

兰兰，你来下，我有事和你说。我看着郝大妈，有点奇怪，我和郝大妈很少来往,她找我会有什么事?

我满腹狐疑地跟着郝大妈进了屋。

郝大妈家里很简单但很整洁。客厅就一张饭桌几把椅子,靠墙一个旧沙发,拾掇得干干净净,茶几上还放着几本《家庭医生》一类的杂志。厨房里飘出一股中药味。

郝大妈说,我有风湿性关节炎,那时候上山下乡落下的病根,我在煎药,你先坐会,我看看药。我说好,你先忙。郝大妈匆匆忙忙进了厨房。

我顺手拿起茶几上的杂志翻起来。心里琢磨着她找我究竟什么事?

按说我和郝大妈也算半个同行,她退休前在医院药房上班,而我是做药品销售的。但是我们搬来的时候,郝大妈已经退休了,她深居简出不大出门,而我也是单位家里两点一线,所以虽然住对门,见面也只是点个头问候一下。她找我能有什么事呢?难道……要是和我说那件事,我立马脚底板走人。一家不得知一家,她瞎掺和什么呀!

正想着,郝大妈晃动着瘦小的身子出来了。刚坐下,电话响了。郝大妈歉意地说,我接个电话,没准儿是我们家老头子。我说没事。我继续翻看杂志。

——喂,老头子。哦,我挺好的,你还好吧?我正想给你打电话呢?你赶紧回来吧。什么事?这几天我一直心不定。为什么?你知道张老师爱人吧?她出事了!

我心里咯噔一下,张老师爱人我知道,挺开朗一老太太,平时喜欢打打麻将啥的,她出什么事了?我继续往下听。

——张老师前几天身体不好住院了,留下张师母一个人在家。昨天早上张老师不放心,就打电话回家,谁知道电话没人接。张老师就急了,打电话给女儿让她回去看看妈。女儿接了电话就去了,这一去,不得了,张师母地上躺着呢,撒了一裤裆的尿,人已经奄奄一息了,送到医院就不行了,说是突发脑溢血。

阳光穿过的早晨

第六辑 阳光穿过的早晨

啊！原来是脑溢血啊！脑溢血是高血压引起的，现在患高血压的老人特别多，我婆婆也有。不知道她有没有按时吃药。我的心提了起来，眼睛一瞬不瞬盯着郝大妈的白头发。

——是啊，张师母平时挺硬朗，可是老了这事情谁也说不准啊，家里没个人真的不行。张老师一家子肠子都悔青了，哭天抢地，唉，要是能哭回来就好了。

听到这里我如坐针毡，人不由自主站了起来。

今年，因为搬了新家，宽敞了，就把乡下的婆婆接了过来。一开始她还挺拘谨，没几天就闲不住了，里里外外地收拾。收拾就收拾吧，还唠叨：什么早上起得太晚了，烧了稀饭你们不吃，宁愿啃面包；人不在房间还开着灯，太浪费电了；这好好的东西怎么就扔了，我们那时候……唠叨我还可以充耳不闻，最可气的是她还老是帮我收拾桌子，把我要用的东西收拾不见了。最后我忍无可忍了，决定和她说说。我说妈，你就别瞎操心了，接您过来是让你享福的，你该吃吃、该睡睡、该玩玩，拜托以后没事别进我的书房。婆婆愣了一下，脸色就难看了，不声不响收拾衣服回了乡下。我心想让她回乡下几天想想清楚也好，等她想明白了就去接她。想明白？她现在一个人要是有点啥……

郝大妈发现了我的异样。老头子，不说了，你赶紧回家吧，兰兰在我这呢，挂了啊。说完挂了电话。我说郝大妈，我有点事要先走了，你找我什么事啊？郝大妈挠了挠头一脸迷糊，对了，我找你什么事呢？你看我，老了记性坏了，一时还真想不起什么事了。你先忙去吧，改天聊。

出了郝大妈家，我直接奔了乡下。

婆婆回来了，我们再也没有闹矛盾。但是我还是一直在想，那天郝大妈找我究竟什么事？她后来一直没提，但是见到我，眼里却多了几分赞许。

看着婆婆乐颠颠地从郝大妈家出出进进，我忽然明白了。

西瓜的诱惑

小敏和小强对路边西瓜地的西瓜已经垂涎好几天了,要依着小强早就下手了。

今天放学回来,他们又经过西瓜地,瓜地里圆溜溜的西瓜闪着诱人的光泽,仿佛在冲他俩笑。小强费劲地把充盈而来的口水咽下去。他想自己要是魔术师该有多好,可以轻而易举地把西瓜吸过来,可以和小敏敞开肚皮吃个够。小强感到西瓜甜美的汁水似乎已经在嘴巴里泛滥了。他忍不住又咽了下口水,回头看见小敏也在盯着西瓜看,那双清澈的眸子里分明有着两个大西瓜。

小强说:我去摘一个。

小敏说:不好。

小强说:不会有事的。

小敏说:瓜地有人看着呢。

小强说:不怕,我先去侦察一下。

小敏说:还是不要了,我害怕。

小强说:别怕,你到前面等我,或者你先回家,一会儿我把西瓜送来。

小敏说:别呀,咱不吃西瓜,咱去逮知了。

小强说:吃完西瓜再去逮知了,就这么定了。

小敏其实也挺想吃西瓜的,见小强这么坚决就说,好吧,我帮你看着有没有人。

小强说:你怎么这么啰唆,帮我拿着书包,你去前面小河边等我。

小敏接过书包,不再坚持,向小河边走去,回过头说,你一定要小心。

小强像个男子汉一样挥挥手,去吧。

小强装作若无其事的样子来到看瓜棚,往里面一瞧,一个人正四仰八叉地睡大觉。小强一看那人就乐了。是跛脚老四。小强想,天赐良机,不要说不被发现,就是发现了,老四也撵不上自己。

话虽如此,小强的心还是剧烈地跳动起来,小强当即想到一个成语"做贼心虚"。

小强转到离瓜棚远一点的地方,猫下腰,西瓜长得都差不多,也不知道哪个熟了,哪个不熟。小强学着大人的样子,用手指这个敲敲,那个敲敲,还是不能分辨出来。

他转过身去望望,看见小敏并没有走远,正伸着头往这边观望。不管了,碰运气吧,小强使劲揪了一个。刚站起身来,只听得瓜蓬里传来一声断喝,小子,你过来!这喊声对于小强来说不亚于青天霹雳,小强抱着西瓜撒腿就跑。一边跑一边喊,小敏快跑。

小敏吓得脸都绿了,两腿直哆嗦。小强跑到小敏面前腾出一只手来拉小敏,西瓜一滑,"吧唧"摔了个稀巴烂。令人丧气的是还是个白瓤。

小强说:快跑,他是跛子,追不上咱们。

小敏说:我们去认错吧?

小强说:认错,他能饶过咱们?

小敏说:本来就是我们不对,我们就不该去偷西瓜。

小强说:真不跑?

小敏说:不跑。

小强说:都怪我。

小敏说:我也有错。以后咱们再也不干坏事了,好吗?

小强说:好。

于是两个孩子向看瓜棚走去。跛脚老四根本没有追出来,他站在瓜棚口。

他说:来啦。

小强说:叔叔,都是我的错,和小敏没关系,你就罚我吧!

小敏眼泪都下来了说:不,我也有错,叔叔你罚我。

老四乐了:哟嗬,还都挺仗义呢!我不罚你们,因为你们自己罚过自己了。来,吃西瓜吧!

小敏和小强你看看我,我看看你,两张小脸比西瓜瓤还红。

阳光穿过的早晨

第七辑

梦中的风铃

赤 脚 医 生

赤脚医生是六、七十年代的乡村医生。

为什么要叫赤脚医生呢？

那时候都是泥路,遇上天下雨,农村人一般不穿雨鞋都是光着脚走路,乡村医生也不例外,于是农村人叫乡村医生不叫乡村医生叫赤脚医生。

也正是因为道路不好,农村人生病一般都找赤脚医生,小到感冒、发烧、拉肚子大到毒疮、扭伤、婆娘生孩子。可见当时的赤脚医生是不折不扣的全科大夫。

苏小妹就是这样一位赤脚医生。

苏小妹十三岁就辍学了,也不是笨,就是没心思读书。

姑姑说,不读书你干啥？

苏小妹说,我要跟你学医,我想和你一样当赤脚医生。

就跟姑姑学起了医。

姑姑给人看病,苏小妹忽闪着大眼睛在边上看。

一天,姑姑出诊去了,留下苏小妹照看诊所。

一位母亲拉扯着一个脏不拉几的孩子进来,孩子哭叫着死拗不肯进屋。

苏小妹赶紧迎出去,原来孩子脑袋上长了一个毒疮,鸡蛋大,鼓鼓

阳光穿过的早晨

的,里面已经作脓了。必须马上开刀。孩子怕疼死活不肯找医生。

苏小妹笑着对孩子说,不一定要开刀的,你过来,我帮你看看,我只要用手一摸,你的毒疮就好了。

孩子看着这个比自己大不了多少的小医生,将信将疑就走进去了。

苏小妹说我用酒精帮你消消毒,一点儿都不疼,凉凉的很舒服的。

说着就拿一团酒精棉在毒疮上擦,噗,一股浓水就滋了出来,孩子还没感觉什么,苏小妹已经将伤口上好药包扎完毕了。

嘿嘿,没事了,几天就好了。

孩子的母亲也傻眼了,背着孩子问苏小妹,你怎么弄的?

苏小妹调皮地一笑,翻过掌心,原来食指和中指间夹着一片锋利的刀片。

后来小孩子长毒疮都指名道姓要苏小妹给治。

姑姑笑着说,想不到你这丫头还真是行医的料。

一次,姑姑带她去给一个农妇接生。

产妇躺在床上疼得汗珠子噼里啪啦地掉,孩子就是生不下来。

好不容易有动静了,一看,不得了,孩子脐带先出来了。

这种情况有可能会导致孩子窒息死亡。最好的办法是剖腹产,可是剖腹手术要大医院才能做,现在送大医院肯定来不及了,姑姑也急得汗珠子噼里啪啦掉。

苏小妹说,姑姑让我试试吧。

你?虽然姑姑满腹狐疑,但是事不宜迟,死马当活马医吧。于是点了点头。

洗手消毒。苏小妹将右手小心地伸进产妇产道,使劲往上一推,咯吱,进去了。

亏了苏小妹手小还细滑,产妇并没有丝毫痛苦。

孩子终于降生了,但是脸色苍白,有窒息症状。

苏小妹赶紧进行嘴对嘴人工呼吸,不久孩子哇地一声哭了出来。

在场的人都松了一口气,无不向苏小妹竖起了大拇指。

那年苏小妹十五岁,十五岁就成了颇有名气的赤脚医生,特别是接生受到了产妇们的一致推崇。

几年下来,经苏小妹之手接生的孩子不计其数。

这次,苏小妹又成功接生了一名胖乎乎的男婴。男婴的奶奶抱着孙子直乐,突然看着身材凹凸有致的苏小妹问:闺女你多大了?

二十了。

不小了,你别光顾着替别人接生孩子,自己的事情也该考虑下了。

苏小妹脸一红,还早哩!

其实苏小妹心里有一个人——关在牛棚里的李大头。

李大头参加过抗日战争,虽然立功无数,却放掉过一个日本兵。在那个敏感时代,这问题的严重程度可想而知了。

李大头自己也觉得有罪,心甘情愿认打认罚。

因为在战场上负伤瘸了一条腿,李大头快四十了还是孤家寡人一个。

苏小妹经常给李大头送吃的,浆洗衣服。

村人都说这个苏小妹当赤脚医生当傻了,别人看见李大头都躲得远远的,她倒好,一个黄花大闺女,和个通敌间谍纠缠不清。

话传到姑姑耳朵里,面对姑姑的质问,苏小妹说我觉得大头不是坏人,他放那个日本兵一定有隐情的。其实作恶的不是当兵的,是指挥他们的人,那些日本兵同样也是战争的受害者。

慌得姑姑赶紧捂住了苏小妹的嘴巴,你这不知轻重的丫头,可不敢瞎说。

大队支书也给苏小妹做工作,说别为了一个坏分子毁了自己的前程。

苏小妹抬手把乌黑的发辫甩到背后,挺了挺胸说,为了解放新中国他已经废了一条腿,而且他立了那么多功,就算有过也抵消了。他要是

阳光穿过的早晨

出不来,我给他送一辈子牢饭。

说到做到,苏小妹真的把铺盖卷搬到了李大头家。

嫁给李大头后,赤脚医生被罢职了,跟着农妇们下田种地。

看着累得一歪一倒的苏小妹,李大头心疼得直淌泪。

苏小妹笑着说,瞧你个大男人,就这点儿出息啊?放心吧,你老婆不是豆腐捏的,别人能干我也能干。

没多久,苏小妹就把农活就干得有模有样了,不过队里还是把她调上去当赤脚医生了。因为大队里新换的赤脚医生,并不太在行,村里人怨声载道,都念叨着苏小妹。

后来李大头不但被平反了,基于抗战立过功,还享受了干部待遇。

村里人都啧着嘴说苏小妹,当年你寻死觅活要嫁给李大头,原来你长着前后眼啊!

苏小妹笑了,正了正肩上的药箱说,我没长前后眼,但是我相信好人有好报。

那年夏天的风扇

那年夏天来得特别早,还没进入七月就酷热难当了。

我一边抹汗一边做作业,但是汗珠子不停地冒出来,糊住我的眼睛。我烦躁地站起来找把扇子扇。由于我的成绩不断下降,老师把妈妈请到了学校。我看见妈妈在老师办公室里神色越来越凝重,最后妈妈弯腰向老师鞠了个躬。

一路上,妈妈没有说话,我也没有说话。

是不是天太热的原因?冷不丁妈妈问了一句。我一激灵,眼睛瞟了下妈妈,含混地回答,嗯。说这话我额头的汗又掉了下来,妈妈赶紧用袖子给我擦汗。嘴里嘀咕着,就知道是因为天太热了,要是能买台风扇就好了。

我心虚地低下头。其实我说了谎,我成绩下降不是因为天气热,而是因为我迷上了金庸的武侠小说,就藏在枕头底下。每天晚上我都拿着手电使劲看,有时候不知不觉看到了凌晨。白天上课直犯困,脑子里呼呼呼的,老师讲啥根本听不进去。可是一到晚上又像仙人上身,精神十足。我也知道影响学习不好,可就是控制不住。

这老天爷怎么这么热呢!你赶紧做作业,我帮你扇。妈妈拿把扇子一下一下地帮我扇,她自己的汗却直往下淌。这往后天气会越来越热,没台风扇怎么行呢?妈妈一边扇一边自言自语。

我一定要买一台!我被妈妈坚定的语气吓了一跳。我抬起头,妈妈你别瞎琢磨了,咱家哪有钱买风扇啊?这个你别管,为了你,妈妈一定要把风扇买回来。只要有信心没有办不成的事情,不过你要答应我,一定要把成绩赶上去。我"咻"地笑了,我说行。其实我觉得妈妈的想法有点儿不切实际,我们家的经济来源全靠爸爸微薄的工资,况且妈妈身体不大好,时不时要上医院拿药。

过后,妈妈每天还是忙忙碌碌的,没见有什么特别的动作。看来妈妈那句话真是随口说说的。我看小说有所收敛,但有时还是忍不住会去看。那次我又打开手电看上了。正入迷,感觉头顶凉风习习,接着啪嗒一滴水掉在我的头顶上。我抬起头却看见了妈妈,手一哆嗦,书掉了。妈妈帮我捡起来心疼地说,你这孩子,看书也不开灯,眼睛熬坏了怎么办!又拿出毛巾帮我擦汗,瞧你这一头的汗,赶学习也不能太拼命啊,快

阳光穿过的早晨

睡觉！我乖乖地躺下,妈妈手里打着蒲扇眼里盈满了泪,妈妈说什么也要把风扇给你买回来。我的心震了一下,幸亏妈妈不识字,要不然不知道她会怎样伤心呢。

一天夜里,我从乱七八糟的梦中惊醒,睁开眼,月光透过窗子安静地洒满了我的屋子。我干脆起床走了出去,突然发现院子的角落里有一个人！我本能地张大了嘴,却没有叫出来,因为那个人站了起来,原来是妈妈。月光下,妈妈的脸黑乎乎的,眼睛却特别明亮。妈妈示意我别出声,一把把我拉到了我房间里。小声说,别和你爸爸说,不然你的风扇就没了,这是咱俩的秘密。说着冲我眨了眨眼睛,汗从妈妈额头流下来,冲出一道道黑色淤痕。我叫了声妈就哽住了,愧疚的眼泪不断地涌出来,再涌出来……妈妈为了我竟然偷偷去运输船扫煤。

每天晚上卸完货的运煤船都会停在大桥边的港口上,扫煤的站在桥面上,看船上没人注意就跳下,趁黑扫了煤渣装进口袋,等船老大睡着后偷偷下船。我们那儿有不少妇女从事扫煤这项工作,妈妈曾经也想去,被爸爸喝住了。因为扫煤不仅辛苦还危险性很大,隔壁小明的妈妈就是因为扫煤摔断了腿。

妈妈擦掉我的泪水说傻孩子,哭什么？我抱住妈妈说,妈妈你以后别去了,我一定把成绩赶上去,我保证。

妈妈搂住了我说,好孩子,妈妈相信你。

第二天我还掉了金庸的小说,图书馆的阿姨说看这么快呀,还借吗？我使劲地摇摇头说,再也不借了。我开始狂补功课,经过一段时间努力,我的成绩全面提高了。当我拿着测试卷兴冲冲地赶回家时,进门第一眼就看到了一台崭新的风扇。

后来,我以优异的成绩顺利考上了木渎高级中学,而那台风扇也被妈妈宝贝一样收藏着。每年夏天妈妈都会把风扇拿出来,她说看见这台风扇就好像看见了当年的我。

哑 巴 佬

藏书街依河而建，小河北边是居民住房，南边是田地，种着四季作物。

房屋的门脸儿一律向南，也就是说面朝小河，小河的河堤上隔一段距离就有一个河滩头，女人们会在那浆衣洗米扯着大嗓门聊天。

街虽小，却是小镇的中心。铺子就夹杂在这些民房中间，很好辨认，都是一溜儿的拼木门板。张家茶馆、苏家杂货铺、李家轧面铺、曹家钟表修理铺还有一家肉铺。早上的时候还会出现一家卖鱼的和几位卖蔬菜的农妇。卖鱼的是临时摊点，直接把鱼从船里拿上来，卖完走人。

大清早过去，小街就冷清了，人们各忙各的生计，除了有几个无所事事的会在张家茶馆喝茶闲聊。

曹家钟表修理铺更是寂静无声。为什么呢？因为铺子老板是个哑巴，生下来就是。哑巴当然是有名字的，但是街上的人一直哑巴佬哑巴佬地叫，真名反而记不起了。其实吧，叫什么都无所谓，他也听不见。

钟表修理铺是祖上传下来的，哑巴佬修钟表的手艺也是祖传的。哑巴佬每天都弓着背坐在一张看不清颜色的窄条桌子前，左眼扣着一个黑色的圆筒一样的眼镜，拿着细小的镊子摆弄钟表。桌子上有一个玻璃橱柜，被他擦得亮晃晃的，橱柜里放着一些钟表和钟表的细小零件。

哑巴佬瘦高个,脸上爬着很深的皱纹,分辨不出他的具体年龄,可能四十多可能五十多。手指细长如枯树枝的枝杈。虽然是个哑巴,修理钟表的技术极好,再破再烂的钟表都会在他的枯树枝般的手里重新获得新生。

钟表修理铺的大门每天6点准时打开,里面倒也整洁,门内放着一条长凳,供客人休息等候。大多时候只有哑巴佬独自在屋里安静地修理钟表,伴随他的是时间走动的声音。客人们匆匆而来匆匆而走基本不会作太多停留,因为留着也无聊,和一个哑巴能聊啥?

不过也有例外。

有时候人们会看见门内的长凳上坐着一个蓬头垢面的女人,女人不是叫花子是个疯婆子。疯婆子手里把玩着一块表咿咿呀呀不知道唱的啥。哑巴佬干着活会不间歇地瞅几眼疯婆子,并没有着恼的意思。

小镇上的人都认识疯婆子,说起疯婆子会忍不住摇头叹息。

疯婆子是轧面铺老板的女儿叫春草,从小长得聪明秀气,那小嗓子脆脆的,无师自通,竟然把苏州评弹唱得有腔有调的。

那年镇上来了一老一少唱评弹的,年老的身材瘦小,年轻的长身玉立,儒雅俊秀。

场地就在张家茶馆。小街上人都喜欢听评弹,一时生意还不错。春草更是如痴如醉,听着看着眼睛就收不回来了。

一个月后唱评弹的走了,春草手里却多了块表。春草看着表茶饭不思一直流泪,任谁劝也不听。后来就失踪了,一年后回来就变成了疯疯傻傻的模样。

好心人和哑巴佬比画,意思是说让哑巴佬娶了春草,可哑巴佬却摇摇头。好心人说你一个哑巴你还嫌弃啥?哑巴佬还是摇摇头。唉,一个哑巴一个疯子,没法说。

其实谁都看得出来哑巴佬是喜欢春草的。春草出走的那段时间,哑巴佬的魂就像掉了一样，经常修着表就发起愣来。边上的人拍拍他的肩，才缓过神来。有时候站在路口呆呆地望，望一阵才蔫蔫地返回。直到春草回来，才跟捡着宝似的出了笑脸。

春草疯了却也不乱走了，只是总会拿着表让哑巴佬修。哑巴佬认真地拆开，擦油，修整一新。交到春草手上的时候春草笑了，把表放在耳朵边上听，放在脸上摩挲，一脸的幸福。哑巴佬出神地看着春草，看一眼，再看一眼，也笑，一张光洁的脸慢慢皱成了满是褶子。

日子就这样安静地流走，也许哑巴佬和疯婆子就这样成为小街上人心里没有故事的故事再慢慢被遗忘。

一个闷热的午后，午睡中的人们被疯婆子的哭喊声惊醒。人们不知道发生了什么事，赶紧跑了出来。但是河边根本没有人。

这个疯婆子。

人们正想离去的时候却发现了哑巴佬，哑巴佬的脑袋在水里一晃又没影了。

不好，快救人！

有水性的纷纷下水。找到没？没啊。继续找，忙活了半天，终于把哑巴佬找到了，不是一个人，还有疯婆子春草。

从水里捞出来的哑巴佬变得白白胖胖的，就像一只鼓胀的气球，脏兮兮的春草也变得洁净异常，两个人紧紧地搂在一起。奇怪的是两人脸上毫无惊恐之色，似乎还带着笑意。

哑巴佬右手握着拳头，费了好大劲掰开，掌心竟然躺着一块磨损严重却依然光亮如新的手表。

于是人们猜测，哑巴佬是帮春草捞手表了，手表捞着了，春草又跳河了，哑巴佬肯定是在救春草的时候精疲力竭没有爬起来。

这个哑巴佬，为了一个疯子，值得吗？

阳光穿过的早晨

第七辑 梦中的风铃

空 位

因为太想儿子了,他决定上城里。

他挑了最好的土豆装进蛇皮袋,儿子小时候最爱吃红烧土豆了。那小子,吃饭就像一头小牛。去之前他给儿子打了个电话,爸来看你好不好。儿子顿了一下说这阵子都很忙。他说没事,你忙你的,我自己过来就好。儿子说那好吧,你下了火车上58路公交或者打出租到幸福小区下,问一下门卫C幢B单元803室。对了城里有红绿灯,看见红灯就在路边等,看见绿灯才能过马路。他说中,记住了。

没想到城里的公交车这样漂亮。他肩上斜挎着一个人造革黑包,右手提了蛇皮袋惴惴不安地踏上公交车,说同志买票。司机乜了他一眼说,自己投币一块钱。他以为自己听错了,多少?一块钱!哎。他开始翻口袋,摸出一个硬币,投这箱子里?对。当,硬币掉下去了。他笑了。张望了一下,找了一个靠窗的空位坐下来,他把蛇皮袋塞进椅子下面,然后将后背惬意地靠在椅背上。

透过明亮的车窗玻璃,他看见高高的看不见顶的楼房。他感觉有点眼晕,这城里真好啊!想起自己的儿子也是城里人了,他从心里冒出自豪。

小时候,儿子望着大山问:爸,大山外面是啥?他说是大城市。儿子又问,大城市里有啥?他说有高楼,有看不见泥的大马路。儿子说长大了我要去城里。他摸着儿子光光的后脑勺说有志气!

那一年,儿子拿着大学通知书兴奋地叫:爸,我考上了!我考上了!他说好小子,爸就是砸锅卖铁也要供你!他起早摸黑拼命干活,为了儿子,累着幸福着。四年后,儿子打来电话说,爸,我找到工作了,以后你别太劳累,我会寄钱回来的。他笑着说你爸有手有脚不用你寄钱,你好好攒着,将来娶媳妇。去年,儿子再次打来电话说有对象了,但是女孩不愿上大山里来。他说那是,谁愿意上大山啊,你们好好的就好。说这话他的心里却有了隐隐的失落。再一想,你个老家伙,儿子过得好你还有啥不满意的?于是又笑了。

车子在一个站点停了下来,这一站上来很多人。

哎呀!一个七八岁的小女孩突然摔了一跤。

你们瞎挤什么呀!边上的大人瞪了一眼拥挤的人群,赶紧扶起孩子,宝宝没事吧?

汽车喇叭里响起一个亲切的女声:乘客朋友们,现在是上车高峰,请主动往里边走。请给需要帮助的人让个座,谢谢!

他赶紧站起来,冲小女孩招手。快来这边坐。

小女孩看看他皱起了眉头。他估计小女孩听不懂他说话,就对小女孩边上的大人叫,喂,快带你的孩子来这边坐。大人低下头,宝宝去坐吧。小女孩摇摇头小声说:不要,那人太脏了。

他的脸腾地红了。低下头看自己的脚,一双破旧的解放鞋满是尘土。看自己的衣服,袖口上污漆漆亮光光的,隐隐散发出一股酸臭味。衣服确实好久没洗了,他一个人,除了晚上上炕睡觉,整天在地里出力流汗,洗了也白搭。但是现在很显然自己的邋遢形象和干净的城市太不协调了,说难听点儿他简直就像米饭上突然落了一只苍蝇。

他不由自主地蜷缩了身体,他想自己要真是一只苍蝇倒好了,哪个角落里一趴谁也看不见。可他不是,他那样突兀地占着公交车一个位置。五分钟后,他站了起来,从包里翻出一条毛巾,干净的毛巾。这是儿子买给他

阳光穿过的早晨

的,一次都没有舍得用过。他把毛巾展开仔细地将椅子擦了一遍,然后拉出椅子下的蛇皮袋往车后走去,他走过,人群自动散开,有的还捂住了鼻子。

他始终低着头,他感觉后背麻麻的,他知道击中他的是目光——城里人的目光。那些目光就像几千万根刺,把他射成了一颗颤颤巍巍丑陋无比的海胆。

终于车停了,他抬起脚……

谢谢你,爷爷。

是和他说话吗?他愣住了。转过身看见那个小女孩一双晶莹的眸子。小女孩说你是个好心的爷爷。

那一刻他想哭,他想拥抱小女孩,他想抽自己几个大嘴巴子。

当然他什么也没做,他笑着冲小女孩挥挥手下车了。

他没有去儿子那儿,而是去火车站买了返程票。坐在返程的列车上,他蔫头蔫脑地看着脚下同样蔫头蔫脑的蛇皮袋,他想,要是真去了儿子那儿,会不会给儿子带去难堪?也许他这次贸然进城本身就是一个错误……想着想着他的眼里噙满了泪。

放养的鸡

大嫂正用簸箕颠鸡食,见赵琼走来,立马放下,挪过椅子。赵琼说,不坐了,想和你说个事。

啥事？大嫂手在围兜上搓着，眼睛闪闪烁烁地看着赵琼。

看着大嫂局促不安的样子，赵琼还真有点说不出口了。

大嫂没生育，儿子是领养的，加上性格内向，在人前总是唯唯诺诺，生怕说错了什么。

赵琼看不过大嫂的懦弱样，说你又不欠别人的，干吗要低人一等的样子呢？大嫂连连点头，说的是，说的是。结果还是老样子，不仅总对村里人赔着小心，对儿子更是诚惶诚恐。儿子在城里成家后很少回来。每当看见赵琼的儿子一家回来，大嫂便流露出羡慕的神情。赵琼说，反了他了，虽说不是亲生的，也是你一把屎一把尿养大的，不说接你进城，回家看看应该吧。

大嫂说，孩子忙，孩子忙。话虽这样说，眼里仍是掩饰不住失落，幸好孙子小亮时不时回来看看。只有小亮来的时候，大嫂才真正开心，忙前忙后乐得合不拢嘴。

不知为什么大嫂养上了鸡。

在大嫂的精心喂养下，五只鸡体格强健，毛色亮泽。每天清晨，鸡们准时踱出鸡窝，直奔赵琼家门外。咯咯鸣叫，拍翅膀踢腿，然后留下一堆堆粪便。

赵琼爱干净，并不排斥鸡，每天下班清扫一下就过去了。

"五一"节，赵琼的儿子一家回来，赵琼欢天喜地地做好了饭菜。哪想到，小孙女不小心踩到一团鸡屎，吧唧跌了个仰面朝天，漂亮的白裙子粘上了鸡屎，哇哇直哭，还忍不住呕吐，把赵琼吓得不轻。儿媳妇顿时脸色难看眉头打结，当即打道回府了。后来不再提回家。赵琼打去电话，小孙女在电话里说，奶奶，乡下脏。

为了孙女，这事不得不说。再说这也不算啥大事。赵琼干咳了一声，尽量语气柔和，大嫂，你看你家的鸡能不能圈起来养？

哦，嗯，好好好。大嫂撩起围兜擦了擦脸，表情歉意而不安。

阳光穿过的早晨

140

赵琼放心了，乐颠颠地回了家。

第二天清晨，赵琼开门，差点气歪了鼻子，鸡们依然在门外闲庭漫步，不时示威似的翘起屁股，拉下热乎乎的一团粪便。

赵琼不便为几只鸡跟大嫂翻脸，但气在心里上蹿下跳，见谁都笑不出来。在同事小蔡的追问下，赵琼说出了苦衷。小蔡听了义愤填膺，太不像话了，平时你对她多好啊，想不到她这么不尽如人意。对了，现在不是兴垒院墙吗，难道你家没有垒？

垒墙？

对，垒墙。

可是……

别可是了，垒了院墙不仅能防鸡，还能防贼。

赵琼没有别的办法。院墙很快垒好了，还安上了大铁门。垒墙后赵琼很少去大嫂家走动了，不是不愿去，而是每次看见大嫂，见她一副欲言又止的样子，头一低就走过了。

有了院墙，赵琼家的院里总是干干净净，儿子也频频回家了，可是赵琼望着院墙心里总感觉空落落的。

这天，外面有人摇铁门，赵琼开门一看，是大嫂。大嫂挎着篮子，看见赵琼就递给她，说这是头窝蛋，给星星吃。

赵琼心里咯噔一下，说，大嫂，鸡蛋咱家多着呢，你赶紧拿回去。

不一样，小亮说放养鸡生的蛋有营养。那就留给小亮吧。

不急，再生蛋就给小亮留着。妯娌俩正推着，大嫂突然流泪了，你要是嫌弃，我就拿回家。说着扭身要走。

赵琼一把拉住大嫂，说，我怎么会嫌弃呢，快进屋。

大嫂幽幽地说，你也知道就小亮那孩子和我亲。

赵琼也盈出了泪光，拍拍大嫂的手背说，明白，我们都是做奶奶的，哪能不理解呢。

几天后,孙女打来电话,说,奶奶,你送来的鸡蛋味道真好。

赵琼笑着说,那是你大奶奶放养鸡下的,要不奶奶也养几只?

呼　唤

阳光穿过的早晨

小强读书很用功。小强只有一个念头,好好读书,走出大山,离开那个让他憎恨的男人。男人是小强的父亲,可是小强对他充满仇恨。

那年冬天,母亲正烧着晚饭突然发现他不见了,四处寻找,水沟里传来他的哭声。母亲救起他,把他捂进被子里。这时候,当兽医的父亲晃晃悠悠就回来了,手里提着酒瓶。母亲一边帮小强掖被子一边没好气地说,喝喝喝,喝不死你。父亲瞪了眼睛,反了你了。一甩手酒瓶子砸过去。不偏不倚砸在了母亲后脑勺,瓶子爆裂,母亲扑倒在地上,鲜血"汩汩"地流出来。母亲一动不动,两眼通红的父亲像一摊烂泥瘫倒在地。

那时小强才四岁,四岁的小强成了没妈的孩子。父亲被警察带走以后小强就跟着姥爷过。一直到小强十二岁时候,父亲回来了,因为在牢里表现良好提前释放。父亲来接小强,小强像一头倔强的小驴,眸子里充满敌意。父亲在姥爷面前跪下。父亲说,我已经戒酒了,我一定好好带着小强。

父亲真的没有再喝酒,重新做起了兽医。父亲风里来雨里去,皱纹爬上了黝黑的脸庞,头发也过早地白了。山里人家的屋子都是依山而建。

看着挺近有时候一走就是好几里。不管多累,父亲回来了都会在儿子身边坐上一会。然后走出去,抽上一支劣质烟,轻轻地咳。

小强的成绩一向很好,老师说考重点高中肯定没问题。可是天不遂人愿,小强这次竟然考砸了,以三分之差与重点高中失之交臂。失落懊丧的小强收拾起自己的东西。

父亲问,你去哪儿?

小强说,不用你管。

父亲说,我是你爸我不管你谁管你。

哈哈,哈哈哈……你像吗?你配吗?小强的眼睛直逼父亲,肌肉怪异地抽动。父亲在小强的逼视下,垂下眼睑,低下头,蹲下身子。他被烟熏黄的十指插进头发,抱住脑袋。又抖颤着手伸进口袋摸出一支烟来,点燃,猛吸一口呛得使劲咳嗽。

那些烟飘散着钻进父亲杂乱的头发,填进父亲拥挤的皱纹。小强的心突然一痛,却吐出硬邦邦的一句,你就不能少抽点啊!父亲抬起头看看他,慌乱地把烟掐掉了。小强拿起包裹丢下一句,我回姥爷家。

山道上,夕阳把小强的影子拉长,稚气未脱的脸上亮晶晶的一片,小强抹了一把脸,骂一句没出息。

小强前脚到父亲后脚就来了。父亲在姥爷家吃了晚饭和姥爷唠了几句说要回了。姥爷说就让小强在这住几天也好。父亲说嗯哪。姥爷说孩子还小不懂事……父亲说嗯哪。姥爷说今天就住一晚再走吧。父亲回头看了看小强,小强一转身进了房间。父亲说不了,家里还有一大摊子事。

父亲回去后就一直没有来。

小强回姥爷家的第五天。邮差送来一封信,竟然是舟曲一中的录取通知书和一封信。信里说谢小强同学你好,这次破格录取你是因为你的父亲。他说了你的情况,还带来了初中学校老师对你的评语。他说请再给你一次机会。他跪下,他说他是不合格的父亲,他欠你太多。他是一位好父亲啊,你一定不要辜负他。

夜里突然起风了,紧接着大雨倾盆。雨狠命地敲打窗子发出"哗哗"的响声,小强睡不着,仿佛又听到了父亲轻轻的咳嗽声。

天一亮,小强冲进了雨中。

雨伞根本就撑不住,小强的全身已经湿透,但是小强的心却前所未有的轻松。他要回去告诉父亲他被录取的好消息,他要对父亲说,以后不许再和别人下跪。这么多年他没有叫过一声父亲。他不知道今天能不能叫得出口,他在心里默默地演练"爸爸,爸爸……"父亲该是怎样的表情呢?惊讶?惊喜?不知所措?搓着手转圈?咧着嘴傻笑?想着父亲的傻样小强忍不住笑了。

可是他找不着路了。前面的景象面目全非。几台挖掘机和武警官兵围在那里。小强发疯一样跑过去,被一位警察抱住了。

你不要命啦!山体随时还会滑坡。

他使劲地挣扎,怎么会这样?怎么会这样?

昨夜大雨引发泥石流,村子估计全毁了,不过你放心,我们会尽力营救的。警察一脸真诚,真诚里面是掩饰不了的无奈。

爸爸……

小强仰天呼唤,声音却在喉中哽住,他腿一软,跪倒在雨中……

阳光穿过的早晨

第七辑 梦中的风铃

雾

当那个男人带着那个孩子拦住我的时候,我就知道我有麻烦了。

今天大清早起了大雾,我骑电瓶车上班,一路上很小心,可是在转弯的地方,一个孩子不知怎么就撞上了我车子的挡风板,跌倒了。

我的心"咯噔"一下,赶紧扶起孩子:"孩子你没事吧?怎么那么不小心呢?"

孩子冲我摇摇头没有说话。

我又问:"有哪儿疼吗?"

孩子还是摇摇头没有说话。

我心里的石头落了地。我说:"没事我可走了哈。"

孩子仍然没有说话,只是傻愣愣地看看。

那孩子也许是个哑巴或者傻子。我暗暗庆幸迅速四处看了一下,到处雾蒙蒙的,没人在意,于是骑上车子赶紧走人。

"臭女人,你撞了人想跑啊?给我停下!"一辆小车里探出一张满脸怒气的脸。我被吓了一跳,不过那个男人的粗鲁让我顿生反感。

我停下车没好气地说:"你这人不能好好说话啊?"

"好好说话?我看你就是欠揍。"男人冲下车一手拽着孩子。"你看看孩子让你撞成什么样了!"

"什么样了？我问过他,他说没事。况且不是我撞的他,是他撞的我。"虽然有点心虚,但我也不甘示弱,现在的社会,你越软,人家越敢欺负你。

那个男人的脸像刚发生过火灾,红里透着黑,黑透着红,五官几乎找不到原来的位置。瞪着两只充血的鸡蛋眼睛吐沫横飞:"你这个臭女人找削是吧？孩子懂啥？你自己看有没有事,他看他的嘴巴,淌血呢。说不准是内伤。"他越说越激动,扬起手就要开打。

因为这里已经到了闹市,不多久就有了围观者,有几位看着形势不对赶紧拦住了他:"有话好好说。"

我从小到大没跟人吵过架,今天竟然被一个男人当众辱骂,气得浑身直发抖,也顾不得往日的淑女形象了,我挺起胸膛嗓门也大了起来:"还有没有王法了,当众打女人啊！你胳膊粗嗓门大我怕了你不成。"

人们七嘴八舌打圆场:"大家退一步,人家也不是故意撞你孩子,你骂也骂了。你要是真把人打了,孩子能好啊？解决问题才是真的。"

我一看孩子嘴巴真的在流血,估计是牙齿磕破的,应该没有大问题。不过还是趁着现在给我帮腔的挺多,尽快解决得好,免得给赖上了。于是我试着和解:"你说怎么着吧？"

男人说:"怎么着？上医院。该检查的都检查一遍,没问题的话赔5000块钱惊吓费,如果有问题,哼！你知道了！"

"你想讹人啊？抢钱你上银行,我可没钱。"我当然不能答应他的无理要求。男人看我这样说又冲上来要揍人。我也豁出去了,挺身上前,"今儿个我就看看你这个大男人怎么当众殴打妇女,没有教养的东西！"人群骚乱起来,有的拉他,有的拉我。

男人气急败坏地掏出电话:"你耍泼是不是？我报警！"

"报警就报警,快报啊！我就不信警察和你似的不讲理。报啊！你不报我来报！"我也作势掏出了电话。

阳光穿过的早晨

"怎么回事？"没等我们报警，一辆警车就不请自到了。我们被警察带进了派出所。

警察拿出纸笔问："究竟怎么回事？"

"她把我孩子撞了！"男人抢先说。

"我没撞，是孩子自己冲过来撞在我车子上了。"我急忙分辨。

警察一扬手，摆出停止的手势："都别吵，我来问。"他走到孩子面前。蹲下来。"孩子，是她撞的你吗？你告诉叔叔。"

天，有这样问的吗？说不定这警察和男人有交情。孩子肯定会说是我撞的，这样我可就惨了。我紧张地看着孩子，我听见自己心脏剧烈跳动的声音："嗵嗵……嗵嗵……"

孩子顺着警察手指的方向看看我，没有吭声回头看了看父亲，父亲当然也在看着他。孩子低下了头，咬住嘴唇。似乎在犹豫和思考。

时间仿佛瞬间凝固。终于，孩子抬起头来。他摇了摇头，轻声说："不是。"他又回头看了看我，眼睛清澈明亮，他说："阿姨没有撞我，是我自己没有注意撞上她的。"

我如获大赦地吐了口气，并下意识地看了下男人。看着男人又气又恨、又尴尬又恼怒的脸，我突然有了胜利者的得意。

"孩子，谢谢你说了真话。"我拉着孩子的手说。

孩子羞涩地笑笑："不谢，老师说自己做的事情要自己承担。"

我的脸唰地红了："走，阿姨带你上医院。"

外面，阳光很灿烂，雾不知什么时候已经悄然消退。